Alfred Hitchcock (1899–1980) zählt zu den berühmtesten Filmregisseuren der Welt. Er gilt als Meister des psychologischen Krimis und wurde zum Vorbild vieler Filmemacher. Neben den mehr als 50 Filmen, die Alfred Hitchcock drehte, war er auch als Autor tätig. Seine Serie um die drei ??? hat längst Kultstatus.
Weitere Titel von Alfred Hitchcock bei dtv junior: siehe Seite 158

Alfred Hitchcock

Die drei ???
Giftiges Wasser

Erzählt von
Brigitte Johanna Henkel-Waidhofer

Deutscher Taschenbuch Verlag

Ungekürzte Ausgabe
In neuer Rechtschreibung
2. Auflage Juli 2003
2002 Deutscher Taschenbuch Verlag GmbH & Co. KG,
München
www.dtvjunior.de
© 1994 Franckh-Kosmos Verlags-GmbH & Co., Stuttgart
Based on characters created by Robert Arthur. This work is
published by arrangement with Random House, Inc.
Umschlagkonzept: Balk & Brumshagen
Umschlagbild: Hanno Rink
Gesamtherstellung: Ebner & Spiegel, Ulm
Printed in Germany · ISBN 3-423-70682-1

Inhalt

Ein folgenreicher Sturz	7
Überraschung am Flughafen	15
Im Schatten der roten Felsen	23
Sedona wird erpresst	32
Ein Pressechef verweigert die Aussage	42
Wer ist Alysia Hancock?	48
Die Zeit wird knapp	57
Überfall im Baumwollfeld?	66
Eine Journalistin ist verschwunden	77
Justus benimmt sich merkwürdig	85
Die Punkte auf dem i	91
Eine Hopi-Indianerin bricht ihr Schweigen	103
Auf der richtigen Spur	113
Verabredung mit einem Erpresser	118
Das schmutzige Geschäft mit Wasser	132
Ein Bluff ist erfolgreich	148

Ein folgenreicher Sturz

In flottem Tempo fuhr Justus aus dem Schatten des mannshohen Oleanders. Die Nachmittagssonne traf ihn unerwartet voll ins Gesicht. Irritiert blinzelte er und sah den Rollsplitt am Seitenrand der bergansteigenden Straße erst, als ihm das Hinterrad wegrutschte. Er stürzte der Erde entgegen, zog gerade noch rechtzeitig den Kopf ein und schlug mit der rechten Schulter auf dem harten, ausgetrockneten Boden auf. Ungläubig sah Justus Jonas seinem Rad nach, das noch einige Meter über die Straße schlitterte und dabei kleine Staubwölkchen aufsteigen ließ. Wie im Film, dachte er, während die eigene Rutschpartie noch nicht zu Ende war. Als sein Fall kurz darauf durch ein Hindernis gestoppt wurde, waren nicht mehr als zwei Handbreit zwischen seinem Gesicht und einem Kaktus.

»So ein Mist«, schimpfte der Erste Detektiv. Nach einigen Schrecksekunden rappelte er sich langsam auf. Er war auf dem Weg von der Highschool nach Hause und sollte Onkel Titus eigentlich schon seit einer Viertelstunde auf dem Schrottplatz helfen.

Unwillkürlich fasste er mit der Hand an die verletzte Schulter – und spürte einen stechenden Schmerz. »Au!«, schrie er erschrocken.

Ungläubig betrachtete er seine Handfläche, die jetzt ebenfalls schmerzte. Drei Stacheln, die ihn an Tante Mathildas Sticknadeln erinnerten, zitterten in der hellen Haut. Justus verzog das Gesicht und biss die Zähne zusammen. Vorsichtig zog er die Dinger eins nach dem anderen heraus. Etwas benommen schüttelte er den Kopf und warf einen scheelen Blick auf seine rechte Schulter. Stacheln auch hier. Es half nichts. Mit ruckartigen Handbewegungen befreite er sich von den Quälgeistern. Er stöhnte auf und bewegte vorsichtig seine Schulter. Aber dann war er erleichtert. Es schien nichts ausgerenkt oder gebrochen zu sein.

Nach ein paar Schnaufern schraubte er sich umständlich hoch und ging hinüber zu seinem Fahrrad. Es hatte den Sturz besser überstanden als sein Besitzer. Die Kette war dort, wo sie hingehörte, nichts hatte sich verbogen, nur auf der Lenkstange leuchteten ihm zwei neue Kratzer entgegen.

Unschlüssig stieg er auf – und sofort wieder ab. Das eine Knie schien weich zu sein wie Butter und das andere zu zittern wie Espenlaub. Beide waren sie jedenfalls ungeeignet zum Radfahren. Justus seufzte und fing an seinen Drahtesel bedächtig den Hügel hinaufzuschieben.

Als er zwanzig Minuten später auf den Schrottplatz von Onkel Titus einbog, fühlte er sich noch immer reichlich wackelig. Das MG-Cabrio sah er sofort. Das hatte ihm gerade noch gefehlt: erst der Sturz, dann die Kakteen und jetzt das Grinsen, das sein Freund Peter gleich aufsetzen würde. Justus lehnte sein Rad an den hohen Holzzaun, der das Gelände umgab, und schlurfte zum Campingwagen, in dem die drei ??? ein kleines Detektivbüro mit allen technischen Finessen eingerichtet hatten.

Peter sprang gerade aus der Tür des Wohnhauses und steuerte auf sein Auto zu, als er den Freund entdeckte. »Hey«, rief er, »endlich bist du da! Wir haben dich schon überall gesucht.«

»Ich hatte –«, setzte Justus an, aber Peter ließ ihn nicht zu Wort kommen. »Wir haben einen Wochenendjob. Beeil dich, in einer Stunde müssen wir in Camarillo am Flughafen sein.«

»Darf ich mal fragen –«, versuchte Justus ein zweites Mal Peter zu unterbrechen.

»Nicht jetzt«, schüttelte der seinen Kopf so heftig, dass ihm die hellblonden Haare ins Gesicht fielen, »ich muss schnell nach Hause, meine Sachen packen.«

Mit großen Schritten ging Peter rückwärts zu seinem Auto. »Nimm drei Paar Socken mit, wir kommen erst am Dienstag wieder.« Plötzlich stutzte er und warf Justus einen verwunderten Blick zu. »Wie siehst du denn aus?«

»Ich hatte . . .«

»Erzähl's später.« Peter war nicht zu bremsen. »Ich bin in zwanzig Minuten wieder da und hol dich ab.« Er sprang über die Fahrertür in den Wagen und fuhr winkend davon.

Justus sah ihm ungläubig nach und versuchte seine Gedanken zu ordnen. Es war Donnerstag und jemand wollte, dass sie bis Dienstag für ihn arbeiteten. Die

Aussicht, mit unbekanntem Ziel wegzufliegen, gefiel ihm. Leider milderte sie den Schmerz nicht, der sich in seiner Schulter eingenistet hatte und keinerlei Anstalten machte zu verschwinden.

Er schüttelte sich. Anderes T-Shirt, erst danach Tante Mathilda unter die Augen treten, signalisierte ihm sein Gehirn. Er stieg in den Campingwagen, ließ sich in den Bürosessel fallen und verschnaufte etwas. Nach einigen Minuten rappelte er sich auf, zog eines der T-Shirts, die sie für Notfälle deponiert hatten, aus dem Schrank und ging wieder hinaus, um das Rad im Schuppen zu verstauen.

Dort strafte er die neue Lieferung von Altwaren, die Onkel Titus am Vormittag in Ventura geholt hatte, mit Nichtachtung. Er würde sich noch früh genug damit befassen müssen. Justus war für die Datenerfassung der Bestände zuständig, die sein Onkel ankaufte, um sie später wieder zu verkaufen.

Titus Jonas hatte vor vielen Jahren mit einem Schrottplatz begonnen und ihn zum größten in Rocky Beach gemacht. Aber er beließ es nicht beim Handel mit Altmetall, sondern kaufte und verkaufte schwungvoll alles Mögliche, von Haushaltsartikeln bis zu Kunstgegenständen. Mittlerweile genoss das nicht übel florierende Geschäft selbst bei Antiquitätensammlern einen guten Ruf.

Nachdem er den Schuppen wieder versperrt und den Schlüssel in der Dachrinne versteckt hatte, ging Justus quer über den Platz zum Wohnhaus. Von Titus Jonas keine Spur.

Alte Keramikrohre waren auf dem Hof zu einer Pyramide gestapelt, Waschbecken lagerten hier, einige Eisenträger aus einer gerade abgerissenen Fabrik und drei Dutzend Lampen einer Flutlichtanlage, die als Stadionbeleuchtung ausgedient hatte und jetzt zerlegt zum Verkauf stand. Die Lampen waren gerade der große Renner. Drei davon bestrahlten inzwischen wieder das alte Rathaus von Rocky Beach, einige andere waren in den Gärten vornehmer Villenbesitzer gelandet.

An der Tür spürte Justus von neuem das schmerzhafte Klopfen in der Hand und in seiner Schulter. Er versuchte eine lockere Miene aufzusetzen. Bei Erkrankungen, auch wenn es sich um Bagatellen handelte, ließ Tante Mathilda nicht mit sich spaßen. Und jetzt, das war Justus sofort klar, musste erst einmal geklärt werden, was es mit diesem Ausflug auf sich hatte. Er nahm sich fest vor den Sturz und die Schmerzen vorerst für sich zu behalten.

»Ich hab deinen Seesack fertig gepackt. So ein Glück, dass ihr morgen schulfrei habt.« Lachend kam ihm Tante Mathilda entgegen. »Freust du dich?«

»Na klar«, antwortete er, »riesig. Ich weiß nur noch nicht genau, worauf.«

»Hat dir Peter nichts erzählt?«

Justus schüttelte verwirrt den Kopf. »O ja, irgendwas von Flughafen und Wochenendjob und dass wir's eilig haben.«

»Ihr sollt nach Sedona zum Musikfestival. Ein Freund von Sax Sendler dreht dort einen Fernsehfilm und braucht Helfer. Sendler hat Bob gefragt, ob ihr einspringen wollt. Es steht sogar ein Flugzeug bereit für Luftaufnahmen. Damit könnt ihr nach Sedona fliegen. Sendler fliegt mit. Bobs und Peters Eltern haben auch nichts dagegen.« Tante Mathilda brach ab und sah ihren Neffen fragend an.

Justus war die Sachlage sofort klar. Sax Sendler war Talentvermittler, in dessen Musikagentur Bob Andrews, der Fachmann für Archivarbeiten und Recherchen des erfolgreichen Detektivtrios, stundenweise arbeitete. Er kannte viele interessante Leute. Wenn der einem einen Job anbietet, ging es Justus durch den Kopf, muss man unbedingt annehmen. Und wenn er jetzt nach Jod verlangte und von den Kakteen anfing, würde Tante Mathilda ein Machtwort sprechen und er daheim bleiben müssen.

»Is' was mit dir?« Tante Mathildas Miene verlor ein wenig von ihrem Strahlen.

»Nein, gar nichts«, stieß er hervor. »Ich habe . . . ich habe . . . mich nur über Peter geärgert, weil der nichts Zusammenhängendes herausgebracht hat.« Er versuchte ein Grinsen aufzusetzen. »Super, nicht?«, fragte er noch immer etwas unsicher. »Ja, wirklich, ich freu mich richtig für dich. Man kommt ja nicht alle Tage nach Arizona und dann auch noch mit dem Flugzeug. Titus weiß auch schon Bescheid.« Sie schickte Justus einen strafenden Blick. »Du hast ihn ganz schön versetzt heute Nachmittag.«

Justus sah sie zerknirscht an.

Seine Tante lachte. »Mach dir nichts draus. Er ist stattdessen zu einem neuen Beutezug aufgebrochen.«

Sie drehte sich um und marschierte in die Küche. Offenbar war ihr nichts Ungewöhnliches an ihrem Neffen aufgefallen. Der trottete ihr langsam nach. »Hier hab ich euch noch ein paar Brote zurechtgemacht. Wer weiß, wann ihr etwas zu essen bekommt.« Sie betrachtete Justus eindringlich. »Pass auf dich auf, damit ich mir keine Sorgen machen muss.«

Der Erste Detektiv nickte. Er merkte, wie langsam Freude in ihm aufstieg. »Rund um die Uhr pass ich auf mich auf«, sagte er. »Außerdem hab ich ja zwei Leibwächter.« Er grinste. Dann fing er an zu singen, obwohl er wusste, dass Tante Mathilda von seinen Fähigkeiten auf diesem Gebiet nicht allzu viel hielt. »Nach Sedona durch die Lüfte, nach Sedona durch die –« Peters Hupe schickte einen schrillen Misston in seinen schmelzenden Belcanto.

Justus schnappte seinen Seesack und entkam nur knapp dem freundschaftlichen Klaps der Tante auf die rechte Schulter. Ersatzhalber gab er ihr einen Kuss auf die Wange und lief aus dem Haus.

»Ich ruf an, wenn wir angekommen sind«, schrie er, um das Begrüßungsgeheul von Bob und Peter zu übertönen. Sie winkten und Tante Mathilda winkte zurück.

Bob wollte ausführlich gelobt werden, weil er den beiden anderen zu dem Trip verholfen hatte. Peter machte bereits detaillierte Pläne für den Abend in der fremden Stadt. Er hielt sich für ziemlich unwiderstehlich, und wenn seine Freundin Kelly nicht dabei war, schäkerte er nur zu gerne mit anderen Mädchen.

Allmählich ließ sich Justus von der Vorfreude seiner beiden Freunde anstecken. Und als sie zwanzig Minuten später auf dem Flughafen hinter Ventura ankamen, hatte er sein Missgeschick vom Nachmittag schon fast vergessen.

Überraschung am Flughafen

Peter fand nahe der Abfertigungshalle einen bewachten Parkplatz.

»Immer mir nach«, übernahm Bob wie selbstverständlich das Kommando. Lässig, die schwarze Sonnenbrille auf den braunen Haaren, lehnte er am Wagen und wartete, bis Peter alles abgeschlossen hatte. Im Gänsemarsch trabten sie in das winzige, nicht gerade elegante Gebäude.

»Da drüben.« Peter entdeckte die kleine Gruppe als Erster. Zwei junge Frauen und ein nicht mehr ganz so junger, ziemlich drahtiger Mann, bepackt mit einer Kamera, Kabelrollen, einem Stativ und zwei Scheinwerfern, standen an einem der Schalter. Sie gingen auf den Mann zu.

»Guten Tag«, sagte Justus. »Wir sind die Jungs, die Sax Sendler schickt.«

»Und wir kommen von NTV«, antwortete der Mann freundlich und schüttelte ihm die Hand. Dann drehte er sich zu der blonden Frau um, die hinter ihm stand. »Das ist Jean Baxter. Sie ist die Reporterin. Und unsere Chefin.«

»Hi«, grüßten die drei etwas verlegen. Justus musste an Lys denken. Die hätte ihm jetzt einen Rüffel verpasst, weil er ohne langes Nachdenken einfach angenommen hatte, der Boss sei natürlich der Mann.

»Das ist Chelsea Smith, die Kamerafrau«, fuhr der Mann fort, »und ich heiße Simon Hoover. Ich bin für den Ton zuständig.«

»Hat Sax euch erzählt, worum es geht?«, wollte Jean Baxter wissen.

»Nur ganz kurz«, antwortete Bob, »wo ist er überhaupt?«

»Kommt nach«, sagte die Reporterin. »Er muss heute Abend zu irgendeinem Konzert nach Lancaster.« Sie sah auf ihre poppige Armbanduhr. »Wir haben noch fünfzehn Minuten Zeit. Da drüben ist eine kleine Snackbar, dort können wir alles besprechen.«

Sie deponierten ihr Gepäck am Schalter ihrer Fluglinie und gingen ans andere Ende der Halle. Von hinten betrachtete Justus ihre Arbeitgeberin genauer. Jean war groß und ein klein wenig mollig, was ihm auf Anhieb sympathisch war, und trug einen langen dunkelblonden Zopf. Chelsea war kleiner, hatte einen auffallend schlanken, langen Hals und ihre Haare unter einer schief sitzenden Baseballmütze versteckt. Simon sah aus wie ein Bergsteiger. Er war selbst für kalifornische Verhältnisse ausgesprochen braun gebrannt.

Jean Baxter setzte ein strahlendes Lächeln auf. »Ich lade euch ein. Natürlich nur, wenn ihr nicht gerade ein viergängiges Menü bestellt.«

»Bestimmt nicht«, versprach Peter. »Und ich mache

den Ober. Wem darf ich was bringen? – Eistee für alle? Okay.«

»Also«, fing Jean an, als Peter mit sechs vollen Gläsern auf einem Tablett zurückkam. »Wir haben den Auftrag, einen Film über das diesjährige Musikfestival zu drehen.«

»Wissen wir schon«, warf Bob etwas vorlaut ein und erntete einen strengen Blick von Justus.

»Nicht nur über die Musikszene und die Zuschauer«, fuhr Jean fort, »sondern auch darüber, was so ein Festival wirtschaftlich für eine Kleinstadt bedeutet. Was durch Übernachtung und Eintrittspreise reinkommt, aber auch, was zum Beispiel die Entsorgung der zurückbleibenden Müllberge kostet.«

Je länger sie sprach, desto sympathischer wurde Jean den drei ???. Ohne lange drum herum zu reden, gab sie ihre Anweisungen. »Einer von euch wird mir bei meinen Notizen helfen, Namen, Adressen und Stichworte mitschreiben, wenn ich Interviews mache. Aber ihr werdet auch Boten sein und Kabelträger und Beleuchter. Und wenn wir Hunger kriegen, schafft ihr Verpflegung ran.« Für einen kurzen Moment sah sie zu Boden. »Ich weiß, fünfundzwanzig Dollar am Tag sind nicht gerade rosig, aber dafür wohnt ihr auch umsonst. Und ihr könnt hin- und herfliegen. Okay?«

Sie nickten.

»Und wo wohnen wir?«, wollte Peter wissen.

»In der Jugendherberge. Wir sind in einem Motel gleich gegenüber.« Jean sah wieder auf ihre Uhr. »Wir müssen los. Im Flugzeug geb ich euch dann einen Tagesplan für morgen. Damit ihr wisst, was euch erwartet.«

Ein groß gewachsener Mann im blauen Pilotenhemd kam auf sie zu. »Captain Pyton von der Eagle Air«, sagte er. Dabei wandte auch er sich wie selbstverständlich an Simon.

Justus musste grinsen und Jean zwinkerte ihm zu. Dann griff sie nach ihrer Tasche und stand auf.

Das Gepäck war schon auf einem Wagen gestapelt. Sie folgten Pyton auf das Flugfeld. Zwei Dutzend kleine Maschinen standen in Parkposition. Der Captain deutete auf eine Cessna, die mit einem auffälligen Goldstreifen verziert war. Sie verstauten die Seesäcke, die Kabelrollen und das Stativ und kletterten in die Kabine. Chelsea nahm die Kamera auf ihren Schoß, Jean und Simon hielten jeweils einen Scheinwerfer. Pyton stellte ihnen seinen Copiloten vor. Sie mussten ihre Sicherheitsgurte anlegen, dann wurden die Propeller angelassen.

Justus sah zu Bob und Peter hinüber. Beiden stand die Begeisterung ins Gesicht geschrieben. Sie waren erst ein einziges Mal mit einer so kleinen Maschine geflogen.

»Hast du Angst?«, zischte Peter dem Ersten Detektiv zu. »Du schaust so komisch.«

»Blödsinn«, gab Justus zurück. Angst vorm Fliegen hatte er wirklich nicht. Allerdings meldete sich seine Schulter wieder und er hoffte inständig keiner der Stacheln beim Herausziehen abgebrochen zu haben.

»Jetzt geht's los«, riss ihn der Pilot aus seinen Gedanken. Justus beschloss erst einmal den Flug zu genießen und drückte sich tief in seinen Sessel.

Sie rollten zur Startbahn. Die Maschine hielt kurz an, bevor sie beschleunigte. Justus sah hinaus. Die am Boden stehenden Flugzeuge flitzten vorbei, die Abfertigungshalle, er konnte den Parkplatz sehen und dann hoben sie ab.

Peter reckte ausgelassen den Daumen nach oben. Dann fingerte er aus seiner Jacke einen Walkman. »Bon Jovi. Ihr dürft auch mal, wenn ihr wollt.«

Jean Baxter drehte sich zu den drei ??? um. »Euch geht's wohl richtig gut«, meinte sie lachend. »Mir auch, ich fliege für mein Leben gern.«

»Genau wie ich«, rief Chelsea. Mit einer kessen Handbewegung nahm sie ihre Mütze ab. Darunter quollen lange rote Locken hervor. Peter, der auf einem einzelnen Sitz schräg vor Justus saß, bekam vor Bewunderung ganz runde Augen.

Sie zogen eine große Schleife über den kleinen Flugplatz. Unter ihnen waren die Santa Monica Mountains zu sehen und der Pazifik, bevor sich die Maschine nach Nordosten wandte.

»Wir fliegen jetzt ein Stück in Richtung Bakersfield«, rief Captain Pyton über die Schulter nach hinten, »und dann nördlich von Edwards Richtung Mojave-Wüste. Wenn wir Glück haben, sehen wir den Colorado bis zum Lake Mead.«

Die Häuser unten wurden immer kleiner. Und je höher sie stiegen, umso mehr ähnelte das Autobahnsystem rund um Los Angeles einer Krake, die ihre Arme in die Landschaft verkrallt hatte. Sechs, ja sogar acht Spuren breit zogen sich die Fahrbahnen durchs Land. Die Cessna legte sich in die Kurve, Justus konnte deutlich den Highway Number One erkennen. Nach einer Viertelstunde ging mit einem kleinen Klingeln das »Fasten-Seat-Belt«-Zeichen aus. »Wenn Sie jetzt nach vorne sehen«, rief der Pilot, »erkennen Sie am Horizont die Mojave-Wüste.«

Wie auf Kommando drehten alle sechs die Köpfe zu den kleinen Fenstern. Ihnen entgegen wuchs eine gelbgraue, kaum strukturierte Fläche, die in der Abendsonne besonders unwirklich aussah.

»So stell ich mir die Sahara vor«, sagte Bob beeindruckt.

»Zu Recht«, schaltete sich Justus ein. »Die Mojave, aber auch die Sonora in Arizona sind Wendekreiswüsten, genau wie die Sahara. Denn auf der Höhe der Wendekreise, bei 23,5 Grad südlicher und nördlicher Breite, hat sich ein Wüstengürtel um die Erde gelegt.« Er imitierte die schleppende Redeweise ihres Geografielehrers und grinste frech. »Wie ihr ja sicher alle wisst.«

Chelsea stand auf und kam näher, um mitzuhören. »Die bekannteste dieser Wüsten ist die Sahara«, fuhr Justus mit seinem Vortrag fort. »Dass sie verwandt ist mit unserer Mojave, beweist allein die Tatsache, dass Marrakesch in Marokko auf derselben Höhe liegt wie Tuscon und Los Angeles auf der Höhe von Rabat.«

»Habt ihr das in der Schule gelernt?«, fragte Jean anerkennend.

Justus zog die Schultern hoch. »Teils, teils. Wir haben uns im vergangenen Herbst, nach der großen Trockenheit im Sommer, mit dem Thema Wüste und Wasser beschäftigt. Erinnert ihr euch noch?«

Bob und Peter nickten eifrig. Viel mehr allerdings hätten sie kaum beitragen können. Das war auch gar nicht nötig, denn Justus Jonas kam gerade erst so richtig in Fahrt.

»Wir haben ein völlig blödsinniges System, mit Wasser umzugehen. Es stammt noch aus der Zeit der ersten Siedler. Wer Wasser findet und es als Erster nutzt, dem gehört das Wasserrecht. Wer es nicht nutzt, verliert es. Deshalb ist Wassersparen bei uns fast ein Fremdwort. In der Sahara zählen die Leute jeden einzelnen Tropfen und wir legen immer neue Stauseen und Kanäle an und bohren immer tiefer nach Grundwasser. Aber irgendwann ist Schluss, sagen die Wissenschaftler.«

»Wie bald ist irgendwann?«, fragte Chelsea.

Justus zuckte wieder die Schultern. »Es gibt Prognosen, dass schon in fünfzig Jahren das Versorgungssystem in Südkalifornien und in Arizona völlig zusammenbricht.«

»Und dann?« Eine bessere Zuhörerin als die rothaarige Kamerafrau konnte sich Justus nicht wünschen.

»Dann baden wir in Eistee«, machte Peter dem Auftritt des Ersten Detektivs abrupt ein Ende. Ihm war nicht entgangen, dass Chelsea sich für Justus zu interessieren begann. Aber so einfach wollte er dem

Freund nicht das Feld überlassen, auch wenn er von Wendekreiswüsten keinen blassen Schimmer hatte.

»Um beim Thema zu bleiben, wer hat Durst?«, fragte er. »Ich spiele noch einmal den Ober, genauer gesagt, den Stewart«, er machte einen galanten Diener, »und serviere allen eine Erfrischung.«

Im Schatten der roten Felsen

»Da drüben«, rief Bob, als der Pilot eine Platzrunde über dem kleinen Sportflughafen drehte, »die roten Felsen!«

Justus schreckte hoch. Er war eingenickt und hatte von eitrigen Kakteenstacheln geträumt und einem Oleander, der sich im Operationssaal über ihn neigte. Jetzt fand er sich nicht sofort zurecht. »Was für rote Felsen?«, murmelte er und sah mit großen Augen aus dem kleinen Fenster. Natürlich, die roten Felsen von Sedona! Wie eng aneinander gebaute Türme einer geheimnisvollen, versunkenen Stadt ragten sie in den Abendhimmel.

»Toll!« Peter drückte sich fast die Nase platt an der ovalen Scheibe. »Das wäre was für Mister Madigan.« Der Vater seiner Freundin war nicht nur Pferdeliebhaber, sondern auch ein großer Kenner von Wildwestfilmen. Die roten Felsen hatten unzähligen berühmten und weniger berühmten Streifen als Kulisse gedient.

Sie setzten zum Landeanflug an und keine zwei Minuten später, mit ein paar Hüpfern der Cessna, hatte die Erde sie wieder.

Trotz der Abendstunden lag die Hitze drückend über dem Flughafen. Das Abfertigungsgebäude war noch kleiner als das in Camarillo. Davor allerdings standen viel mehr Maschinen.

»Da stehen die Privatjets der Musiker«, klärte Bob sie mit Kennermiene auf.

»Das wird auch ein Thema unseres Films«, schaltete sich Jean ein, »aber darüber reden wir morgen. Heute schaut euch einfach ein bisschen in Sedona um.«

Sie bestiegen einen klapprigen, schmutzig grünen Bus, der schon auf sie gewartet hatte. Gemächlich tuckerte er auf die hell erleuchtete Stadt zu. Inzwischen war die Sonne untergegangen und die Landschaft kaum mehr zu erkennen. Sie kamen an einem Fabrikgelände vorbei und an zwei Tankstellen. Die Bebauung wurde enger und die Straßen immer belebter. Fast hätten sie eine Gruppe von unbekümmerten Jugendlichen gestreift, die auf dem Gehweg keinen Platz mehr gefunden hatten, weil unglaublich viele Leute unterwegs waren.

Der Fahrer fluchte ausführlich und fuhr nur noch Schritttempo. »Seit vier Tagen ist hier der Teufel los«, sagte er in breitem Dialekt zu seinen Fahrgästen. »Zuerst dieses Höllenspektakel, dann den ganzen Sommer Touristen. Die glauben, dass sie hier dem Geist von John Wayne persönlich begegnen. Oder zumindest einmal Charles Bronson zu sehen kriegen. Und dann fällt das Ganze in den Winterschlaf. Das ist sogar für einen ausgeglichenen Menschen wie mich zu viel.«

Jean und Chelsea sahen sich an. Beiden schien die

unverblümte Art des Fahrers zu gefallen. »Würden Sie das auch vor laufender Kamera wiederholen?«, fragte die Reporterin und setzte dazu ein liebenswürdiges Lächeln auf. Dann stellte sie sich vor.

»Ich?«, prustete der Fahrer. »Ich komme ins Fernsehen?« Er nahm eine Hand vom Lenkrad und schlug sich auf die Schenkel. »Na klar. Immer. Is' ja die Wahrheit, Ehrenwort.«

Er bog in eine schmale Seitenstraße und hielt vor einem kleinen Park. »Hier ist die Jugendherberge«, deutete er auf die eine Seite, »und dort das Sedona-Sun-Motel.«

Sie stiegen aus. Über der ganzen Stadt schien eine Klangwolke zu hängen. Es hupte und tutete, schrie, sang und quietschte. Peter war sprachlos, selbst Bob brachte bloß ein inbrünstiges »Ist ja irre!« heraus.

Jean vereinbarte für morgen früh einen Termin mit dem Fahrer. »Dann seht ihr gleich, wie unsere Arbeit abläuft«, meinte sie zum Abschied zu den Jungen.

Das NTV-Team marschierte zum Motel hinüber. Chelsea drehte sich noch einmal um. »Passt auf, dass ihr nicht zu spät ins Bett kommt!«

»Keine Sorge«, rief Peter und winkte ihr zu, »wir haben eine gute Kondition!«

»Ich glaube«, sagte Justus gedehnt, als die drei ??? durch das schwere Doppeltor der Jugendherberge gingen, »wir sollten Kelly noch heute Abend eine Karte schreiben. Sonst macht sie sich noch Sorgen um ihren Peter.«

Der beschloss die Anspielung auf seinen Enthusiasmus für Chelsea zu überhören. Aber Justus ließ nicht locker. »Die Dame ist zu alt für dich, mein Lieber, und außerdem vergeben.«

Peter und Bob sahen ihn verwundert an.

»Ein Tipp fürs Leben«, dozierte Justus. »Ein Blick auf Ring und Finger, du irrst dich nie und nimmer.«

Sie feixten und Bob wollte gerade anfangen laut zu überlegen, ob diese Lyrik wohl von Shakespeare oder doch nur von Justus Jonas stammte, als hinter ihnen eine helle Männerstimme auflachte. Sie drehten sich um und standen vor einem freundlichen, asiatisch aussehenden Mann.

»Ich bin Rick Che, der Direktor hier, und ihr seid sicher die Jungs aus Rocky Beach. Wir haben nur noch ein Zweibettzimmer mit Notbett für euch, aber dafür mit Blick auf die roten Felsen.«

Das Zimmer im ersten Stock war tatsächlich etwas klein geraten. Als sie ihre Seesäcke verstauen wollten, zeigte sich, dass die Schranktür nur zu öffnen war, wenn mindestens einer entweder im Bett lag oder auf den Flur ging.

Das Los entschied. Bob musste mit dem Notbett vorlieb nehmen, Peter bezog das untere Stockbett und Justus kam, wie es dem Chef der drei ??? zustand, nach oben.

Sie wechselten nur rasch die T-Shirts, wobei Peter mit seinem schwarz-neongrün karierten eindeutig den Vogel abschoss und Justus mächtig die Zähne zusammenbeißen musste, um nicht zu stöhnen. Den

Blick auf seine nackte Schulter vermied er. Dann brachen sie auf.

Während Justus Onkel Titus telefonisch über ihre glückliche Ankunft informierte, schnupperten Bob und Peter bereits von der Abendluft, die nun etwas lauer war als bei ihrer Ankunft. Es war noch immer unglaublich laut in den Straßen der Stadt. Sedona zählte nur 3500 Einwohner, war aber schon seit vielen Jahren Anziehungspunkt für Künstler und Kunstgewerbler, die sich hier mit Vorliebe, wenn meist auch nur vorübergehend, niederließen. In der Hauptstraße und den schmalen Seitengassen lockten unzählige Läden, in denen Seidentücher, Silberschmuck, geschnitzte Kunst, Körbe, selbst gewebte Taschen, mundgeblasenes Glas, Tontöpfe oder handgeschöpftes Papier angeboten wurden. Dazwischen gab es vor allem Bars, Bistros und Selbstbedienungsrestaurants.

Nachdem sie die Hauptstraße einmal rauf und einmal runter inspiziert hatten, wurde es Justus endgültig zu viel. »Hunger«, stöhnte er, als sie an einer üppig mit Palmen dekorierten Kneipe vorbeikamen. Das stimmte zwar nicht, denn er war nur müde und musste immerzu an die möglichen Folgen seines Unfalls denken, aber es klang in den Ohren der anderen äußerst überzeugend. Die hatten sich im Flugzeug von Tante Mathildas Proviant ernährt und das war nun schon drei Stunden her.

Peter sah auf die Uhr. Es war kurz nach zehn. »Für einen kleinen Imbiss gerade die richtige Zeit«, sagte er unternehmungslustig mit einer einladenden Geste in Richtung Eingang. »Mexicana« prangte in schwungvoller rosaroter Neonschrift darüber.

Drinnen war es eng. An der Bar standen die Gäste in Dreierreihen und aus dem Lautsprecher dröhnten alte Swingnummern. Auf einem großen Bildschirm, der schräg über den Getränkeregalen hing, lief ein Baseballmatch.

Sie schlängelten sich durch das helle lang gestreckte Lokal, in dem auffallend viele Grünpflanzen standen. Ganz hinten, in einem angebauten Wintergarten, fanden sie Plätze an einem riesigen runden Tisch.

»Irgendwie nett«, sagte Peter, »so etwas könnte Rocky Beach auch brauchen.«

Justus war zufrieden und Bob gefiel es besonders gut. Seit Monaten stand er auf den Big-Band-Sound der dreißiger und vierziger Jahre. Seine Finger schnippten im Takt.

Ein Blick auf die Karte zeigte, dass auch die Preise annehmbar waren. Sie bestellten Orangensaft und studierten eingehend das Speiseangebot.

»Was bitte ist Afalfa?«, wollte Bob wissen.

Justus, der sich bereits für ein Sandwich mit Salat entschieden hatte, zuckte die linke Schulter.

»Sicher eine Hauptstadt in Zentralafrika«, sagte Peter ohne eine Miene zu verziehen.

»Unsinn«, rief Bob, »hier steht Truthahn mit Afalfa und Mungo!«

»Bestell's, dann sind wir klüger«, schlug Justus vor.

»Oder frag unsere Nachbarn. Schließlich bist du zuständig für die Recherchen.«

»Okay«, antwortete Bob. Am Nebentisch saß ein Pärchen, das ihnen den Rücken zukehrte. Bob beugte sich hinüber. »Entschuldigung, was bitte ist Afalfa?«

Die junge Frau wandte sich um. Die drei ??? sahen in das sommersprossige Gesicht eines hübschen Mädchens mit Kurzhaarfrisur.

»Holla«, entschlüpfte es Peter. Er wurde ein wenig rot, noch bevor er die tadelnden Blicke von Justus und Bob auffangen konnte.

Das Mädchen lächelte. »Afalfa sind die Sprossen der Luzerne«, sagte es im Ton eines Ansagedienstes.

»Herzlichen Dank«, fand Justus als Erster die Sprache wieder. »Leider haben wir nichts verstanden.«

»Luzerne sind Saatkörner«, sagte das Mädchen geduldig. »Wenn sie einige Tage in feuchter Umgebung keimen, gibt es Afalfasprossen. Die schmecken und sind gesund. Sonst noch Fragen?«

»Wie heißt du?«, schaltete sich Peter ein.

»Ruth. Warum?«

»Damit wir uns bei weiteren Problemen an dich wenden können.«

»Seid ihr fremd hier?«

Die drei ??? nickten und stellten sich vor.

»Setzt euch doch zu uns«, lud Ruth sie ein. »Wir sind auch nicht aus Sedona, aber schon seit einiger Zeit hier.« Sie stieß ihren Begleiter an, der nun endlich bereit war sich auch herumzudrehen. »Das ist mein Bruder Chosmo.« Chosmo erwies sich als ebenso sommersprossig und kurzhaarig wie seine Schwester.

Die drei Detektive bestellten ihr Essen und wechselten die Plätze. Bald waren die wichtigsten Informationen ausgetauscht. Ruth und Chosmo kamen von der Ostküste. Ihr Vater war Zeitungsverleger in New York und hatte ihnen einen Job bei der »Sedona Tribune« verschafft. Bis Ende des Jahres würden sie hier bleiben, um dann zu entscheiden, ob sie Journalismus studieren wollten oder nicht.

Die drei ??? erzählten von dem Filmprojekt und dass sie erst am Nachmittag mit dem Flugzeug aus Los Angeles gekommen waren.

»Geht ihr oft hierher?« Justus beugte sich vor und musste leise stöhnen. Unwillkürlich fasste er an seine Schulter, die inzwischen fürchterlich brannte.

»Jeden Abend«, antwortete Chosmo, der seiner Schwester wirklich zum Verwechseln ähnlich sah. Beide hatten die gleichen Stupsnasen und auffallend große helle Augen. »Die Preise sind ordentlich und das Essen ist gut. Außerdem finden wir die Musik ganz toll.« Zur Bekräftigung bearbeitete Chosmo mit weichen Bewegungen ein unsichtbares Schlagzeug. Bob fiel mit seinen Fingern ein und Peter mimte ausgelassen den Trompeter. Justus verdrehte die Augen und zwinkerte Ruth zu.

Nach dem Essen – Bob schloss an diesem Tag Freundschaft mit den ausgezeichneten Afalfasprossen –

drängte Justus zum Aufbruch. Die fünf verabredeten sich für den nächsten Tag.

»Same time, same station«, sagte Ruth zum Abschied übermütig. »Und für Fragen stehe ich jederzeit zur Verfügung.«

Sedona wird erpresst

Als sie am nächsten Morgen in den Waschraum der Jugendherberge kamen, merkten die drei ???, dass etwas nicht stimmte. Niemand stand unter der Dusche, stattdessen hatten sich mehrere Gruppen gebildet, in denen alle mehr oder weniger laut und heftig durcheinander schnatterten. Ein schwarzer Junge mit Nickelbrille hielt eine Zeitung hoch.

»Habt ihr schon gehört?«, rief er herüber. »Sedona wird erpresst.«

Justus, Peter und Bob waren mit einem Schlag hellwach. Der Junge winkte sie zu sich und erzählte von einem Anruf bei der Stadtverwaltung am Vorabend. Eine Männerstimme hatte 250 000 Dollar verlangt und die Absetzung des in drei Tagen stattfindenden Musikfestivals. »Wenn nicht gezahlt wird, will der Kerl das Trinkwasser in der ganzen Stadt vergiften.«

»Darf ich mal?« Justus nahm dem Jungen die Zeitung aus der Hand. Es war die »Sedona Tribune«. Er überflog den Artikel, der eine dicke Überschrift trug, aber begreiflicherweise noch nicht viele Informationen enthielt.

»Wir duschen, frühstücken und gehen in die Redaktion«, schlug Justus vor, »dort erfahren wir sicher mehr.«

Peter und Bob sahen ihn überrascht an. »Bis zum Konzert bleibt nicht viel Zeit«, fuhr Justus fort, »deshalb müssen wir –«

»In genau zwanzig Minuten«, unterbrach ihn Bob und sah auf seine neue wasserdichte Uhr, die er von Sendlers letztem Honorar gekauft hatte, »treffen wir uns mit dem Team. Willst du die so einfach versetzen?«

Jetzt war es an Justus, überrascht zu sein. Ausnahmsweise hatte er etwas vergessen. Allerdings fand er, dass hier im Waschraum nicht unbedingt der richtige Moment war, um den Grund dafür zu erzählen. Er hatte schlecht geschlafen und war in dieser Nacht unzählige Male, wenn er auf seine rechte Schulter zu liegen kam, aufgewacht. Die war am Morgen ganz schön geschwollen. Deshalb fühlte er sich alles andere als gut. Nur wollte er das vorerst für sich behalten.

»Natürlich nicht«, sagte er so gleichmütig wie möglich. »Im Unterschied zu euch bin ich eben ein Vollblutdetektiv. Dazu gehört, dass man auch schon mal andere Prioritäten setzt.«

Er musterte die beiden Freunde, als müssten sie diese merkwürdige Antwort verstehen. Dann gab er dem schwarzen Jungen seine Zeitung zurück und verschwand in einer der Duschen. Peter stieß Bob fragend in die Rippen. Aber der zuckte nur ratlos mit den Schultern.

Nach einer ausgedehnten Dusche fühlte sich der Erste Detektiv besser. Jedenfalls gut genug, um Peter aufzuziehen, der seinen hellblonden Wuschelkopf mit

Hilfe eines Föhns besonders sorgfältig in Form brachte. »Ich sage nur: Chelsea«, flachste Justus und erntete dafür einen betont gelangweilten Blick.

Beim Frühstück war die Erpressung das einzige Thema. Mister Che hatte den ganzen Morgen Radio gehört und war bestens über den Stand der Dinge informiert. Der Anruf des Erpressers war kurz nach 22 Uhr in der mit einem Nachtwächter besetzten Telefonzentrale der Stadtverwaltung eingegangen. Der hatte inzwischen bei der Polizei zu Protokoll gegeben, die Stimme habe sich wie von einem Tonband angehört und auf keine seiner Fragen geantwortet. Die 250 000 Dollar wollte der Erpresser in kleinen Scheinen ohne fortlaufende Nummern. »Für seine Forderung nach Absage des Konzerts hat er eine sonderbare Begründung geliefert«, berichtete der Direktor der Jugendherberge. »Es sei eine viel zu große Belastung für die Umwelt.« Weitere Hinweise, etwa wie das Geld übergeben werden sollte, hatte der Erpresser nicht genannt, sondern gedroht, dass Gift ins Trinkwasser der Stadt geleitet würde, sollten seine Bedingungen nicht erfüllt werden.

»Ist das alles, was man weiß?«, fragte Justus Mister Che zwischen zwei Marmeladebroten.

»Man weiß nicht, was die Polizei weiß«, erwiderte er. »Sie hat eine Nachrichtensperre verhängt.«

»Und die müsste man knacken«, sagte Justus zu den beiden anderen, nachdem sich Mister Che dem Nebentisch zugewandt hatte. »Wäre jedenfalls ein Anfang.«

»Vielleicht bekommen wir beides irgendwie unter einen Hut«, dachte Peter laut nach. »Das wär doch was: Jungs aus Rocky Beach retten Riesensause.«

Bob riss die beiden Freunde aus ihren Gedanken. »Ich verstehe euch nicht. Wir haben einen Job übernommen. Ihr könnt mich doch jetzt nicht hängen lassen.«

»Niemand will dich oder das Team hängen lassen«, beruhigte ihn Justus. »Dein Sax wird mit uns zufrieden sein. Aber wir können doch gleichzeitig die Augen offen halten, oder?«

Bob nickte und schaute wieder auf die Uhr. »Zeit zum Aufbruch«, drängte er unternehmungslustig. Er freute sich auf die Filmarbeiten. Die Chance, mit so vielen bekannten Musikern zusammenzutreffen, wollte er sich nicht vermasseln lassen. Schon gar nicht von irgendeinem Erpresser, den die hiesige Polizei viel besser stellen konnte als die drei ???. Die, dachte Bob, haben erstens eine ganz andere Aufgabe und zweitens keine Ahnung von Sedona.

Vor dem Tor der Jugendherberge wartete Mister Carmichael, der Fahrer von gestern, mit seinem schmutzig grünen Bus. Simon und Chelsea verstauten schon Scheinwerfer und Kabel.

»Hi«, sagte die Kamerafrau, als sie die Jungs sah, »gut geschlafen?« Die Antwort wartete sie gar nicht erst ab. »Hier ist ganz schön was los, habt ihr schon gehört? Irgendein Wahnsinniger will das Trinkwasser vergiften.«

Die Jungen nickten bloß.

»Hoffentlich schnappt die Polizei diesen Herrn bald«, sagte Chelsea, »sonst können wir uns den Film schenken. Jean telefoniert gerade mit der Redaktion, wie's weitergehen soll. Eigentlich sollte jetzt Mister Carmichael vor den Toren der Stadt an einem Ortsschild gefilmt werden. Wenn die Aufnahmen gelingen, könnte das zugleich Anfang und Ende sein«, erklärte sie den drei ??? ihre Idee.

Jean kam aus dem Motel und wenig später fuhr die Truppe gut gelaunt los. Die Zentrale des Musik- und Nachrichtensenders in San Diego hielt die Erpressung noch nicht für sehr wichtig, erzählte die Journalistin. Weiter wie abgesprochen, hieß also die Devise.

Während der Fahrt blätterten Justus, Peter und Bob in dem Skript, das Jean ihnen im Flugzeug in die Hand gedrückt hatte. Der Film befasste sich zwar auch mit den Musikern und Gruppen, die nach Sedona gekommen waren. Im Mittelpunkt stand aber ihre Bedeutung für die Kleinstadt – positiv wie negativ. Die Übernachtungszahlen schnellten in die Höhe, die Hoteliers und Wirte verdienten an wenigen Tagen mehr als ihre Kollegen an anderen Orten in drei Monaten. Die Stadt hatte praktisch keine Schulden. Selbst auf die Ansiedlung von Industriebetrieben wirkte sich Sedonas Ruf bei Jazz- und Rockfans gut aus. »Für gut bezahlte Fachleute aus der Großstadt, die sich einen Wechsel aufs flache Land überlegen«, hatte Jean in dem Skript geschrieben, »kommt sehr viel auf den Freizeitwert an. In einem Vergleich liegt Sedona vorn. Dank der Musikfestivals kann es mehr bieten als eine normale Kleinstadt ähnlicher Größe.«

»Schaut mal aus dem Fenster«, unterbrach Jean die Jungs bei ihrer Lektüre. »Meine goldenen Worte könnt ihr später auch noch lesen.«

Vor ihnen breitete sich ein dichtes Waldgebiet aus, das die Sommerhitze – bisher jedenfalls noch – in sattem Dunkelgrün überstanden hatte. »Das ist der Coconino National Forest«, erklärte Mister Carmichael, »und dort im Norden beginnt der Oak Creek Canyon.« Beherrscht aber wurde die Szenerie von den roten Felsentürmen, die dem Ganzen etwas Kulissenhaftes gaben.

»Wie in diesen klassischen Western«, schwärmte Peter.

Justus hatte eher Lust, sich mit etwas sehr Realem zu befassen. »Wie ist eigentlich die Trinkwassersituation in Sedona?«, fragte er Carmichael.

»Im Unterschied zu vielen anderen Gemeinden in der Umgebung haben wir trotz der langen Hitzeperioden eigentlich keine Probleme«, antwortete der Fahrer bereitwillig. »Nur wenn's extrem lange nicht regnet, gibt's manchmal Engpässe.«

»Wann war das zum letzten Mal?«

»Unser Wasserspezialist«, mischte sich die Kamerafrau lachend ein, aber Justus war nicht zu beirren. Auch nicht durch Bobs Stirnrunzeln.

»Also, das letzte Mal, das war so vor drei oder vier Monaten«, erinnerte sich Carmichael. »Da wurden für zwei Tage sogar alle Leitungen stillgelegt und wir mussten uns aus großen Lastwagentanks mit Wasser versorgen.« Der Fahrer stockte. »War irgendwie komisch. Kurz davor hat es ein paar Mal richtig geregnet.«

Zufrieden lehnte sich Justus in seinem Sitz zurück. Wie immer, wenn er nachdachte, zupfte er an seiner Unterlippe. Ging ja doch beides: Kabelrollenschleppen und Ermitteln. Er hatte das Gefühl, dass sie nicht nur nach Sedona geflogen waren, um Jean und den anderen bei ihrem Filmprojekt zu helfen. Aber das waren Gedanken, die er besser für sich behielt. Genauso wie diese inzwischen hartnäckig pochenden und stechenden Schmerzen in seiner rechten Schulter.

Sie waren auf der Arizona 179 angekommen, die nach Flagstaff und weiter zum Grand Canyon führte. Beim Ortsschild parkte Carmichael den Bus am Straßenrand.

»Justus, übernimmst du bitte die Notizen«, sagte Jean in einem nicht unsympathischen, aber ziemlich geschäftsmäßigen Ton. Sie drückte ihm eine kleine Schreibplatte in die Hand, an die mit einer großen Klammer Papier geheftet war, und dazu eine Stoppuhr. Zugleich mit dem Signal »Kamera läuft« sollte er auf die Uhr drücken, um Stichworte des Interviews und die jeweilige Zeit aufzuschreiben. Später beim Filmschnitt konnten die betreffenden Stellen dadurch sofort gefunden werden.

»Alles klar?«, fragte Jean.

»Wenn's sonst nichts ist«, gab Justus zurück und wischte den Schweiß von der Stirn. Das kann ja lustig werden, dachte er, wenn es hier schon vormittags so heiß ist wie in einer Sauna.

»Peter und Bob, ihr helft Simon beim Ausladen. Danach erklärt er euch den Umgang mit den Scheinwerfern.« Jean wandte sich zur Kamerafrau. »Chelsea, wenn du einen der beiden für den Akku brauchst, sagst du's.«

Während sich das Team an die Arbeit machte, suchte Jean nach einem Platz für das Interview. Dann sprach sie mit Mister Carmichael. Justus notierte, dass er in Flagstaff geboren war und seit 30 Jahren in Sedona lebte. Er war Witwer und hatte vier weitere Busse laufen.

Jean postierte Carmichael neben dem Ortsschild, um das zufällig einige Kakteen gruppiert waren. Justus hielt sich in sicherer Entfernung. »Wird prima aussehen«, urteilte Chelsea. »Stacheln machen sich immer gut. Gibt dem Film einen kritischen Touch.« Sie lachten.

»Brauchen wir Licht?«, fragte die Reporterin.

Chelsea blinzelte in die Kamera. »Versuchen wir's so oder willst du ihn im Gegenlicht?«

»Um Gottes willen, viel zu romantisch! Einsteigen will ich mit klaren Bildern. Simon, bist du so weit?« Der Tonmann nickte.

»Super, nicht?« Peter stieß Justus, ausgerechnet an der falschen Schulter, und Justus musste erneut die Zähne zusammenbeißen.

»Das sind eben Profis«, flüsterte Bob wieder mit Kennermiene, »ich hab's euch ja gesagt.«

»Ruhe jetzt, wir fangen an.« Jean wollte zwei Varianten drehen, einmal Mister Carmichael allein und dann ein Interview, bei dem auch sie im Bild war. Sie begann mit Letzterem. »Kamera läuft«, sagte Chelsea und Justus drückte auf die Stoppuhr.

Der Chauffeur, der zuerst etwas verklemmt antwortete, taute rasch auf und erzählte wieder so wie am Vorabend im Bus, was er von dem Spektakel, den Musikern, den Künstlern und Touristen hielt. Justus notierte einige Stichworte. Bald war Carmichael kaum mehr zu bremsen. Wie ein Wasserfall erzählte er – von der Stadtverwaltung und vom Bürgermeister, vom Verkehr in den Sommermonaten und der Idee einer Umgehungsstraße, die aber an Umweltschützern gescheitert war.

Nach zwanzig Minuten war alles vorbei. Chelsea nahm die Kassette aus der Kamera und beschriftete sie mit »Carmichael/Eins«. Justus gab seinen Notizen dieselbe Kennzeichnung. Inzwischen stand die Sonne ziemlich hoch. Die roten Felsen ragten wie Feuerzungen in den blauen Himmel. Carmichael schlug vor die Gruppe zum Schnebly Hill zu fahren. »Da oben hat man eine Wahnsinnsaussicht auf die Stadt und die Umgebung«, lockte er.

Jean war sofort einverstanden, wollte allerdings mal kurz ins Radio hören, um auf dem neuesten Stand in der Erpressergeschichte zu sein.

»Interessiert uns auch«, sagte Peter ungefragt. Diesmal war er es, der einen missbilligenden Blick von Bob erntete.

Der Sender rauschte kurz und wurde dann klar. ». . . noch nicht identifiziert werden«, sagte eine dunkle Männerstimme. »Bestätigt wurde von der Polizei, dass auch bei der ›Sedona Tribune‹ ein Erpresserbrief gleichen Inhalts eingegangen ist. Ein Sprecher der Stadtverwaltung hat inzwischen Maßnahmen zur Sicherstellung der Trinkwasserversorgung angekündigt. Details wurden allerdings nicht genannt. An die Bevölkerung erging der Appell, den Anordnungen der Behörden Folge zu leisten. Vorerst gibt es keinerlei Anzeichen für eine Verseuchung des Wassers. Dennoch sind für den Ernstfall zur Versorgung der Bevölkerung Wasserwagen an zentralen Plätzen der Stadt aufgefahren. Wir informieren Sie in unserem Vormittagsprogramm mit Liveeinschaltungen über die weiteren Ermittlungen.«

Justus' Blick fiel auf die Schreibplatte. Während Peter und Bob über die Landschaft staunten, notierte er kurz die wenigen Fakten, die sie bisher über die Erpressung wussten: ein Mann, ein Anruf, ein Brief. Einen großen Kringel machte er um die »Sedona Tribune« und einen Pfeil zu zwei Namen: Ruth und Chosmo.

Ein Pressechef verweigert die Aussage

Nach dem kurzen Ausflug an den Schnebly Hill brachte sie Mister Carmichael zum Rathaus. Schon von der Redaktion aus hatte Jean einen Termin mit Mister van Well, dem Pressechef der Stadt, ausgemacht. Er entpuppte sich als unsympathischer Angeber, der sich mächtig wichtig nahm und so tat, als müsse er den Erpresser höchstpersönlich und ganz allein fangen.

»Aus aktuellen und hochbrisanten Gründen«, imitierte Jean Mister van Wells nasalen Tonfall während der Fahrt, »müsste er das Interview absagen.« Aber Jean hatte sich nicht abwimmeln lassen. Im Gegenteil: Sie wiederholte einige ihrer kräftigsten Argumente und imponierte dadurch nicht nur den drei ???. Schließlich hatte der Pressechef nachgeben müssen.

Im Rathaus herrschte reges Treiben. Polizeibeamte in Uniform liefen hin und her, mehrere Kamerateams warteten vor einem abgesperrten Treppenaufgang zum Büro des Bürgermeisters. Wie ein Pfau stolzierte van Well an ihnen vorbei in ein großes, in Dunkelholz getäfeltes Büro.

»Reichlich edel«, raunte Peter den beiden anderen zu. Verstohlen sahen sie sich um. Auf dem Schreibtisch lagen zwei niedrige, genau nebeneinander ausgerichtete Aktenstapel, die eher an Dekoration erinnerten. Die Stirnwand war mit einem Bücherregal verbaut. In einer Ecke stand ein Fernseher mit Video, in der anderen ein Flipchart.

Justus stieß Peter an. »Da«, sagte er leise und deutete auf die großen weißen Blätter. Mit Strichen und Pfeilen verbunden hatte jemand Stichworte zum Erpressungsfall notiert. »22.11 Uhr« stand in Rot ganz oben, »9.36 Uhr« darunter.

Van Well schien die Aufzeichnungen vergessen zu haben. Jedenfalls machte er keine Anstalten, sie umzublättern oder wegzudrehen. So sehr war er damit beschäftigt, sich auf seinem hochlehnigen Schreibtischstuhl in Position zu setzen.

»Bob, bitte stell dich hier mit dem Scheinwerfer auf«, gab Chelsea ihre Anweisungen. Justus sollte wieder die Stoppuhr betätigen.

»Welche finanzielle Bedeutung haben die Musikfestivals für Sedona?«, begann Jean das Interview.

Mister van Well legte mit übertriebener Leichtigkeit seinen Arm auf den Schreibtisch, reckte sein Kinn nach vorn und setzte zu einer langen, umständlichen Antwort an.

So ein Schnösel, dachte Peter, der nichts zu tun hatte außer zuzusehen. Unauffällig lugte er zum Flipchart und begann sich alle Details der Aufzeichnungen einzuprägen. Auch die Namen »Walton« und »Captain Kirk«. Darunter stand ein Pluszeichen und »25 Mann«. Neben ein großes »A« hatte jemand ein Fragezeichen gemalt.

Langsam sah sich Peter noch einmal in dem Büro um. Das Flipchart konnte doch nicht alles sein und die Aktendekoration auch nicht. Die Gelegenheit war günstig. Alle waren mit van Well beschäftigt, vor allem der selbst. Vorsichtig, im Rückwärtsgang und auf Zehenspitzen, schlich der Zweite Detektiv zur Tür. Er spürte die Türfüllung am linken Ellenbogen, dann drückte er behutsam die Klinke herunter. Mit einem großen Schritt schlüpfte er hinaus.

Gerade als er einen besonders schwülstigen Satz von Mister van Well aufschrieb, hörte Justus ein erstes Knarren.

»Durch die Wertschätzung, die Sedona in der internationalen Musikszene genießt«, flötete der Pressechef ins Mikrofon, »ist unsere Kleinstadt zum Partner der Welt geworden.« Der ätzende Dialog war jetzt genau 5 Minuten und 18 Sekunden alt. Es knarrte wieder. Justus sah auf und merkte sofort, dass Peter fehlte. Noch ein Vollblutdetektiv, schoss es ihm durch den Kopf.

Jetzt hatte auch Bob Peters Abgang bemerkt. Er warf Justus einen fragenden Blick zu, und der zuckte kaum merklich die Schultern. Die rechte erinnerte ihn wieder nachdrücklich an den Kaktus. Er beachtete den Schmerz nicht, sondern vertiefte sich in seine Notizen.

Der Pressechef pries inzwischen wortreich die Vorzüge von Montezuma Castle, einer direkt in den Berg gebauten Ruine, ganz in der Nähe. Die ersten Siedler hatten sie fälschlicherweise mit den Azteken in Verbindung gebracht, woher auch der irreführende Name stammte. »Eine weitere wunderbare Touristenattraktion in unserer an Höhepunkten nicht armen Umgebung«, schwärmte er.

Jean unterbrach ihn mit einer konkreten Frage zum Verkehrs- und Müllaufkommen, was ihrem Interviewpartner offensichtlich überhaupt nicht passte.

Unwirsch sah van Well auf die Uhr. »Ich lasse noch eine Frage zu«, sagte er, als wäre er der Pressesprecher im Weißen Haus.

Jean ließ nicht locker. »Wie viele Fahrzeuge rollen an einem normalen Sommertag durch die Stadt?«

»Keineswegs wenige, da haben Sie vollkommen Recht, Gnädigste«, gab er reichlich unkonkret Antwort. Genauere Zahlen wisse er nicht, denn für so etwas sei sein Amt nicht zuständig.

Jean konnte sich ein lang gedehntes »Sehr schade« nicht verkneifen. »Jetzt will ich noch die Gelegenheit nutzen, um Sie nach dem aktuellen Stand in dieser Erpressergeschichte zu fragen«, fuhr sie fort und kam damit Justus' geheimen Wünschen entgegen.

Van Well zog seine rechte Augenbraue hoch. »Aber ohne Kamera und Mikro«, verlangte er theatralisch, hatte dann aber nichts Neues zu erzählen, abgesehen davon, dass ein zweiter Anruf eingegangen war, diesmal bei der »Sedona Tribune«. Wieder hatte sich die Stimme wie vom Band angehört.

»Sie als Profi werden verstehen«, säuselte er, »dass ich Ihnen über weitere Einzelheiten natürlich keine Auskünfte geben kann.«

Jean nickte knapp und erklärte das Interview für beendet.

Justus stoppte seine Uhr. Noch mit dem Scheinwerfer in der Hand kam Bob auf ihn zu. »Wo ist Peter?«, zischte er.

»Kombiniere, der Stoffwechsel«, gab Justus leise zurück und grinste Bob an.

Van Well hatte sich inzwischen umständlich von Simon, Chelsea und Jean verabschiedet. Die Reporterin konnte ihre Antipathie kaum unterdrücken und verließ als Erste mit großen Schritten das Büro.

»So ein Angeber, so ein aufgeblasener Esel«, fauchte sie, als van Well die Tür hinter sich zugezogen hatte. »Nichts wie raus. Solche Typen kann ich einfach nicht ausstehen.«

Chelsea pflichtete ihr bei. Justus bemerkte, wie sich ein wissendes Lächeln auf Simons sonnengebräuntem Gesicht breit machte. Er erlebte einen derartigen Ausbruch offensichtlich nicht zum ersten Mal.

»Peter fehlt noch«, warf Bob etwas kleinlaut ein. Er befürchtete einiges von Jeans Ärger abzubekommen. Aber er irrte sich.

»Wir warten einfach vor der Tür«, sagte sie schon wieder viel freundlicher. »Nach diesem Theater bringt mich nichts mehr aus der Ruhe.«

Sie gingen durch den breiten Flur, den mehrere Porträts der Ehrenbürger von Sedona zierten, ins Treppenhaus.

Hinter ihnen wurden schnelle Schritte immer lauter. Justus brauchte sich nicht umzudrehen, um zu wissen, wer da kam.

Da war Peter auch schon neben ihm. Sie zwinkerten sich verschwörerisch zu. Justus' Blick fiel auf die Ausbuchtung unter Peters dunkelblauem T-Shirt, bevor der die Arme davor verschränkte.

Vor dem Rathaus winkten sie zwei Taxis heran, die sie zu Potters' Playground bringen sollten, einer früheren Fabrikhalle, in der jetzt Tonstudios und zwei Probebühnen eingerichtet waren. Erst im Wagen zog Peter ein Papier unter seinem T-Shirt hervor und sah selbstzufrieden in die Runde.

»Na los, rück raus mit deinen Neuigkeiten«, knurrte Bob.

»Bist du sicher«, erwiderte Peter, »dass dich das nicht zu sehr von unserer tragenden Rolle beim Film ablenkt?«

Bob zog eine grimmige Grimasse und hielt es für unter seiner Würde, auf so etwas überhaupt zu reagieren. Aber Justus und Peter wussten, dass er nicht lange böse sein konnte und bestimmt selbst vor Neugierde platzte.

Mit einem scheelen Blick auf den Fahrer, der sich allerdings überhaupt nicht für die jugendlichen Passagiere interessierte, begann Peter seinen Bericht.

Wer ist Alysia Hancock?

Als die Taxis am Eingang von Potter's Playground vorfuhren, war der Zweite Detektiv mit seinem Bericht fertig. Er ließ Justus und Bob noch einen schnellen Blick in den Plan werfen, den er kurzerhand im Rathaus stibitzt hatte und der das Wasserleitungssystem der Stadt zeigte. Aber der Fahrer spähte jetzt doch ziemlich misstrauisch nach hinten, so dass sie ihre Unterhaltung auf später verschoben.

Ausgelassen stiegen die Jungs aus. Sie waren im Erpresserfall einen Schritt weitergekommen. Denn während Justus und Bob den Aussagen Mister van Wells gelauscht hatten, hatte Peter dem zufällig leer stehenden Büro des Wasserwirtschaftsamtes einen Besuch abgestattet. Ein Plan hatte offen auf dem Schreibtisch gelegen. Um ein Haar wäre Peter allerdings von einem plötzlich auftauchenden Mitarbeiter ertappt worden. Gerade noch rechtzeitig hatte er den Plan zusammenfalten und unbemerkt unter sein T-Shirt schieben können. Dann hatte er nach der Toilette gefragt und der hilfsbereite Angestellte hatte ihm den Weg gewiesen. Allerdings hatte Peter das Gefühl, von dem Mann beobachtet zu werden. Und deshalb war er tatsächlich auf die Toilette gegangen.

Dort hatte ihm der Zufall ein weiteres Mal geholfen. Zwei Polizisten, wie er an den Hosenbeinen erkannt hatte, waren hereingekommen und hatten sich offen über den Stand der Dinge unterhalten. Der Erpresser war wieder in Aktion getreten und hatte schriftlich – auf irgend so einem Ökopapier, wie einer der Polizisten gesagt hatte – die Übergabe des Lösegeldes für Sonntag nach dem Frühgottesdienst verlangt. Die Polizei, auch das war aus der Unterhaltung hervorgegangen, nahm die Sache ernst und hatte der Stadtverwaltung geraten rasch die Viertelmillion herbeizuschaffen. »Weißt du, was ich glaube?«, hatte dann der eine Polizist im Hinausgehen noch gefragt. »Dass das Ganze mit der alten Geschichte von Alysia Hancock zu tun hat.« Die Antwort hatte Peter nicht mehr hören können.

»Hast du prima gemacht«, lobte Justus den Zweiten Detektiv und sah dem Taxi mit Jean und ihrem Team entgegen, das gemächlich auf sie zurollte.

Auch Bob klopfte dem Freund anerkennend auf die Schulter. Aber so richtig bei der Sache war er nicht. Potter's Playground interessierte ihn mehr als alte Geschichten von Frauen mit unaussprechlichen Vornamen.

Potter's Playground bestand aus einem riesigen alten Hangar, in dem die Konzerte stattfanden, und einigen kleinen Nebengebäuden, die zu Tonstudios umgestaltet worden waren. Nach dem Zweiten Weltkrieg war hier am Prototyp eines superkleinen Flugzeugs mit außergewöhnlich großer Reichweite gebaut worden. Aber dann hatte sich das Verteidigungsministerium aus dem Auftrag zurückgezogen und die Arbeiten wurden aus Geldmangel eingestellt. Lange Jahre war alles unbenutzt geblieben, bis einige Musiker und Tontechniker einen Geldgeber für den Einbau einer Probe- und Konzertbühne samt der entsprechenden Technik fanden. Inzwischen wurden hier nicht nur die Festivals veranstaltet, sondern auch Seminare, Übungswochen und Kurse. Außerdem wurden Platten und Videos produziert.

Jean hatte ein Gespräch mit dem Geschäftsführer von Potter's Playground vereinbart. Gleich hinter der Einfahrt wurden sie erwartet.

»Sie müssen von NTV sein«, sprach sie ein junger Mann mit Rastafrisur und französischem Akzent an. »Ich bin Hank und soll mich um Sie kümmern.« Er schlug einen kurzen Rundgang vor. »Wenn Sie nichts dagegen haben«, fügte er hinzu.

»Im Gegenteil«, platzte Bob heraus.

Jean lächelte ihn an. »Auf geht's«, sagte sie unternehmungslustig.

Justus sollte sich diesmal Chelsea anschließen, die ihm Stichworte zu möglichen späteren Drehorten diktierte. Nach Jeans Skript würde hier der Großteil des Films gedreht werden.

Im Hangar herrschte reges Treiben. Auf der Bühne hatten einige Sängerinnen gerade ihren Sound-Check. Techniker liefen hin und her, auch eine Gruppe von Bassisten mit ihren schweren Instrumentenkästen. In Schwindel erregender Höhe wurden unter der Hallendecke einige Scheinwerfer ausgewechselt. Im hinteren Teil des Hangars fanden Proben für Videoaufnahmen statt. »Jetzt Kamera drei und Schwenk!«, schrie ein langmähniger Regisseur wütend. »Und Ruhe, wenn ich bitten darf!«

»Sie wissen sicher, dass es morgen hier eine Nonstop-Show geben wird«, erklärte Hank. »Die Vorbereitungen laufen auf vollen Touren. Da ist ein riesiger Aufwand nötig. Und seit das mit der Erpressung bekannt ist, sind alle noch nervöser als sonst.«

Jean nickte und Bob bekam große Augen. »Hast du das von dem Konzert gewusst?«, flüsterte er Justus zu. Der war in Gedanken aber schon wieder bei dem Erpresser und winkte ohne großes Interesse ab.

»Wenn ich richtig informiert bin, wurden sogar Karten für uns reserviert«, sagte Jean.

»Super!«, rief Bob und stieß Justus begeistert an. Der stöhnte so laut auf, dass ihn alle anstarrten. Er spürte wieder dieses grässliche Pochen in der Schulter. Vor allem aber merkte er, wie er puterrot wurde. »Irgendwas war hier elektrisch«, hörte er sich sagen. Zufrieden mit seiner Schlagfertigkeit sah er in die Runde.

»Kommt manchmal vor«, bestätigte Hank und ging weiter.

Das Team folgte ihm, während Bob und Peter Justus eingehend musterten. Aber der verzog nur so gleichgültig wie möglich sein Gesicht und forderte sie mit einer schnellen Handbewegung zum Weitergehen auf.

Nachdem sie sich das Mischpult, die Regieanlage für die Halle und eines der kleinen, mit dickem grauem Schaumstoff ausgepolsterten Tonstudios in den Nebengebäuden angesehen hatten, kamen sie in den Bürowagen zu Mister Jaubert, dem Geschäftsführer von Potter's Playground. Er war ein kleiner, nicht mehr ganz junger Herr, der eher wie der Vizepräsident einer Privatbank aussah.

»Schön, dass Sie hier sind«, begrüßte er Jean. »Bevor ich es vergesse, Ihre Redaktion hat um Rückruf gebeten. Wenn Sie möchten . . .« Er deutete zum Telefon.

Jean lehnte dankend ab. Sie wollte zuerst ihr Interview unter Dach und Fach bringen.

Jaubert war das genaue Gegenteil von Mister van Well und den drei ??? auf Anhieb sympathisch. In Paris hatte er eine Plattenfirma besessen, aber dann war er nach Arizona ausgewandert und lebte nun schon seit zehn Jahren in Sedona. Er kannte sich bestens aus und gab bereitwillig Auskunft, sogar über die Umsätze in Potter's Playground. Drei Millionen Dollar wurden jährlich mit Konzerten, Kursen und einigen Plattenaufnahmen im Auftrag großer Firmen eingenommen. Ein Teil davon floss in eine Stiftung, und die wiederum setzte Stipendien für junge, besonders begabte Musiker aus.

»Das gibt es im klassischen Bereich und im Jazz schon lange«, sagte Jaubert. »Rock, Pop oder Soul sind früher aber immer leer ausgegangen. Das ist jetzt anders.«

Nach einer knappen Viertelstunde, genauer: 13 Minuten und 20 Sekunden, wie Justus seinen Aufzeichnungen entnehmen konnte, war das Gespräch vorüber. Chelsea besorgte sich die Erlaubnis, am nächsten

Tag wiederzukommen, um die Aufnahmen in der Halle und den Studios zu machen.

Erst als sie schon an der Schranke am Eingang des Geländes angekommen waren, erinnerte sich Jean daran, dass sie die Redaktion anrufen sollte. »Wir fahren ins Motel und leisten uns da ein ordentliches Mittagessen.« Sie sah an ihrem bunt bestickten Jeanshemd herunter. »Und eine frische Bluse kann bei der Hitze auch nicht schaden.«

»Wir haben noch etwas vergessen«, meldete sich Bob zu Wort. Alle sahen ihn an.

Justus wusste sofort, was sein Freund meinte, als der zu stottern anfing. Wenn er ihm jetzt zu Hilfe kam, hatte er ganz bestimmt einen Stein im Brett und konnte ihn leichter davon überzeugen, dass weitere Ermittlungen zum Erpresser dringend notwendig waren. »Natürlich! Die Konzertkarten«, rief er.

»Nehmen wir morgen mit«, entschied Jean.

In einem schwarzen T-Shirt mit gelber Neonschrift kam die Reporterin zurück in den kleinen Speisesaal. Erst als sie ihren Block auf den Tisch warf, merkten die anderen, dass etwas nicht stimmte.

»Die spinnen«, schimpfte sie, »die spinnen total!« Ihr blonder Zopf hüpfte hin und her. »Chelsea, reg dich jetzt nicht auf«, sagte sie sarkastisch, »es genügt, wenn ich aus der Haut fahre. In zwei Stunden kommt Alfred Herbert Smith«, sie dehnte den Namen und wackelte dazu mit den Hüften, »um dich und Simon zu übernehmen, wie sich unser famoser Chef ausgedrückt hat.

Mein Film ist auf Eis gelegt, die Berichterstattung über diese kleine, miese Erpressung geht vor.«

Sie schlug mit der flachen Hand auf den Tisch. Chelsea und Simon sagten nichts.

»Vielleicht ist das gar keine kleine, miese Erpressung«, wagte Peter zu bemerken.

»Was soll das heißen?« Jean funkelte ihn an.

»Wir haben uns ein bisschen umgehört«, schaltete sich Justus ein. »Genauer gesagt, Peter hat sich umgehört, während Sie das Interview mit diesem van Well gemacht haben. Wenn Sie uns einige Stunden freigeben, kriegen Sie Ihr Team vielleicht ganz schnell zurück.«

Jetzt sahen auch Chelsea und Simon die drei ??? verwundert an. Justus fühlte sich zwar etwas unwohl dabei, denn viel hatten sie wirklich noch nicht in der Hand. Trotzdem fand er, dass es der passende Moment war, die Karten auf den Tisch zu legen, genauer gesagt, ihre Karte. Er nestelte das eindrucksvolle Dokument aus der Hosentasche und überreichte es Jean mit einer etwas missglückten Verbeugung.

	Die drei Detektive	
	? ? ?	
	Wir übernehmen jeden Fall	
Erster Detektiv		Justus Jonas
Zweiter Detektiv		Peter Shaw
Recherchen und Archiv		Bob Andrews

Jean ließ die Visitenkarte durch die Finger gleiten. »Was sind das für Kindereien?«, fragte sie unwirsch.

Peter und Bob verzogen beleidigt die Mienen.

Auch Chelsea warf einen Blick auf die Karte. Sie schien nicht sonderlich überrascht. »Lass die Jungs doch«, sagte sie besänftigend. »Im Moment können wir sie ohnehin nicht brauchen. Und vielleicht . . .« Allerdings standen auch ihr die Zweifel ins Gesicht geschrieben.

»Wir haben schon viele knifflige Fälle gelöst«, sagte Justus kühl und überlegen. Wenn diese Filmleute uns nicht glauben, dachte er, dann ist das ihr Problem, nicht unseres.

»Klar, viel Zeit haben wir nicht.« Peter sprach betont geschäftsmäßig. »Aber wir sind ein gut eingespieltes Team. Und Sie«, er sah Jean offensiv an, »Sie müssten ja wissen, dass das ein großer Vorteil ist.«

Ein Serviermädchen in superkurzen Shorts brachte sechs Steaks mit Salat. Alle schwiegen.

Die Reporterin beruhigte sich langsam. »Ihr seid Detektive?«, fragte sie. Nervös schnippelte sie an ihrem Steak herum.

Sie gehört zu den Menschen, die die Dinge gern selber in der Hand haben, stellte Justus fest. Überraschungen, die andere auftischen, mag sie nicht.

»Hobbydetektive, oder was?«

»Wir haben in Rocky Beach ein richtiges Büro«, antwortete Peter, »mit Kartei und Computer, Fotolabor und Anrufbeantworter. Wir wissen, wovon wir reden, wenn wir sagen, wir übernehmen jeden Fall.«

»Ich bin dafür, dass ihr euch um die Erpressung kümmert«, schaltete sich Simon ein. »Und wenn ihr wirklich etwas herausfindet, springt vielleicht sogar ein Sonderhonorar von unserem Sender heraus.« Er zwinkerte Jean zu. »Oder von unserer Chefin ganz persönlich. Die will diesem Smith schon lange eins auswischen.«

Die Reporterin hatte ihren Humor schon fast wieder zurückgewonnen und gab nach. »Zieht los, ihr Supermänner von Sedona«, forderte sie die drei ??? auf. »Morgen Nachmittag Punkt 14 Uhr sehen wir uns wieder. Und den Erpresser bringt ihr gleich mit. Zum Exklusivinterview, klar?«

Die Zeit wird knapp

Sie saßen in einem der schattigen und ruhigen Innenhöfe des Tlaquepaque-Einkaufszentrums und hatten den Plan aus dem Rathaus auf dem Terrakottaboden ausgebreitet.

Peter tippte auf einige gelbe Kringel. »Kombiniere, das sind die sensiblen Stellen. Also diejenigen Orte, an denen ein Außenstehender Gift in das Wasserleitungssystem einleiten könnte.«

Das Papier, das aufgefaltet fast einen mal einen Meter groß war, zeigte verschiedene Leitungssysteme. Die Hauptstraße war eingezeichnet, das Einkaufszentrum, auch die Hotels, einige Fabriken und Potter's Playground.

Wortlos betrachteten sie den Plan. Das ganze Stadtgebiet war in einzelne Bezirke eingeteilt. »Diese Grenzen müssen auch irgendwie mit der Wasserversorgung zu tun haben«, überlegte Bob. »Vielleicht sind das diese Wasserrechte, von denen du gestern erzählt hast.« Er sah Justus etwas unsicher an.

»Könnte sein«, gab der Erste Detektiv zu, »wir müssten herausfinden, wie das in Sedona geregelt ist. Aber jetzt noch mal zum Flipchart. Das ›A‹ könnte für Alysia stehen, sind wir uns da einig?« Die anderen beiden nickten. »Im Telefonbuch gibt es keine Alysia

Hancock, dafür aber sieben andere mit diesem Nachnamen.«

Justus zog seine Aufzeichnungen aus der Hosentasche, strich das Papier glatt und zeigte auf die Namen Ruth und Chosmo. »Vielleicht können die uns sagen, wer Alysia ist.« Er zupfte an seiner Unterlippe. »Und dann möchte ich zu gern wissen, was da vor drei oder vier Monaten passiert ist, als es trotz Regen kein Wasser gab.«

»Die kennen bestimmt auch jemanden, der uns die Wasserrechtslage erklären kann«, sagte Peter und erhob sich. »Wir haben verdammt viele Fragen und ziemlich wenig Antworten. Ich bin dafür, dass wir das schleunigst ändern. Die 36 Stunden, die uns bleiben, sind nicht gerade üppig.«

»Wir wär's, wenn wir einfach die Stellen abklappern, die gelb eingekreist waren?«, schlug Bob vor.

Dank der Nachlässigkeit von Sedonas Pressechef und Peters gutem Gedächtnis kannten sie nicht nur die genauen Uhrzeiten, an denen sich der Erpresser das erste und das zweite Mal gemeldet hatte. Sie wussten auch, dass nicht weniger als 25 Polizisten im Einsatz waren, offensichtlich unter der Leitung eines Captain Kirk.

»Vermutlich sind die längst in Stellung«, gab Justus zu bedenken.

»Wir spielen einfach Touristen, dann fallen wir nicht so auf.« Peter hatte bereits begonnen die gelben Kreise auf den Stadtplan zu übertragen, den sie sich in der Jugendherberge geliehen hatten, zusammen mit drei nicht mehr ganz taufrischen Fahrrädern. Justus war etwas unwohl gewesen bei dem Gedanken, einen Drahtesel zu besteigen, aber da gab es wohl keinen Ausweg.

»Okay«, sagte der Erste Detektiv, »wir fahren die Stellen ab. Und danach schauen wir bei der ›Tribune‹ vorbei.«

»Auf geht's«, übernahm Peter unternehmungslustig das Kommando. Er faltete beide Pläne zusammen und steckte sie unter sein T-Shirt. Dann bestiegen sie ihre Räder.

Sie fuhren durch die Hauptstraße, die nicht ganz so belebt war wie am vergangenen Abend. Viele Ladentüren standen einladend offen, vor den Bars und Bistros saßen Leute in der Sonne. »Wie die diese Hitze aushalten«, schnaufte Justus und sehnte sich zurück an den Pazifik.

Als die Häuserzeilen weniger dicht wurden, hielt Peter an und zog den Stadtplan hervor. »Scharf bewacht wird das ja nicht gerade«, sagte er leise, dann laut: »Wir fahren jetzt hier nach Norden weiter, bis wir an den Oak Creek stoßen.« Er zeigte auf den gelben Kreis.

Justus und Bob sahen sich um. Auf der rechten Straßenseite war eine verlassene Tankstelle. Etwa fünfzig Meter davon entfernt ragte ein eineinhalb Meter hohes Minihäuschen aus der Wiese. Es war halb in einen Hügel hineingebaut. Das musste die erste Stelle sein.

Langsam schoben sie ihre Räder weiter. Immer wieder wurden sie von Autos und Campern überholt.

»Ich bin schon jetzt richtig schlaff«, spielte Bob den müden Radfahrer. Er blieb stehen, streckte und reckte sich. Dabei behielt er die Umgebung fest im Blick.

Zwei junge Männer lungerten gegenüber dem Wasserhäuschen im Schatten eines Ahornbaums und hörten Musik. Beide trugen Jeans, der eine war blond, der zweite dunkel. Ein Motorroller stand in der Nähe.

»Wenn die von der Polizei sind«, stellte Bob im Flüsterton fest, »dann hab ich schon einfallsreichere Tarnungen gesehen.«

Sie waren auf der Höhe des Eingangs zum Wasserleitungssystem angekommen. Das Steinhaus hatte eine Metalltür von der Größe eines Fensters. Drei Vorhängeschlösser glänzten in der Sonne.

»Wie weit wollen wir denn noch?«, fragte Peter, als sie in Hörweite der Männer waren.

»Wir haben doch gerade erst angefangen mit unserer Tour«, posaunte Justus.

»Wir müssen uns hier in der Umgebung noch etwas umsehen. So oft kommt man ja nicht nach Sedona.« Bob zwinkerte Justus zu. Aber der reagierte nicht, sondern sah an ihm vorbei zum Ahornbaum.

Die drei stiegen auf und radelten weiter. Nach einem halben Kilometer bogen sie von der Hauptstraße ab und hielten direkt auf die roten Felsen zu. An einem schattigen Rastplatz mit Trinkbrunnen bremste Justus abrupt. Er fühlte sich nicht besonders wohl.

»Is' was?«, fragte Peter stirnrunzelnd.

Justus hielt den Kopf unter das kalte Wasser. Dann ließ er sich auf die Holzbank fallen. »Ich habe das Gefühl, wir müssen miteinander reden«, stöhnte er. Sein T-Shirt war schweißnass. Die beiden Freunde sahen ihn überrascht an.

»Also«, begann er langsam und atmete tief durch. Im selben Moment fühlte er sich schon wieder viel besser. Die kalte Dusche war genau das Richtige gewesen. »Also, wenn das wirklich Polizisten waren«, sagte er und verschob seine Begegnung mit dem Kaktus auf einen späteren Zeitpunkt, »dann machen wir uns, je nachdem, wie helle die sind, spätestens beim dritten Punkt verdächtig. Ich hatte gehofft, dass wenigstens in der Hauptstraße mehr los ist.«

»Du hast Recht«, schaltete sich Bob ein, »wahrscheinlich haben die uns längst im Visier.«

»Und wahrscheinlich läuft schon eine Großfahndung nach uns«, flachste Peter. Als er dafür ein paar ungnädige Blicke erntete, zog er eine Grimasse. »Na schön, dann eben nicht. Ich glaube, für die waren wir irgendwelche Jungs auf Reisen. Vielleicht genau wie sie selber. Ich bin dafür, dass wir einfach weitermachen.«

Justus gab zögernd nach. Bob und Peter ließen sich an dem Holztisch nieder.

»Lasst uns doch noch einmal die Pläne vergleichen«, schlug Justus vor. »Vielleicht können wir eine Auswahl treffen und die Punkte bestimmen, zu denen wir unbedingt hin sollten.«

Peter nickte und zog die beiden Papiere hervor.

Der Stadtplan war kein besonders gutes Exemplar. Aber mit einiger Fantasie konnte man ihm entnehmen, dass ein Einstieg ins Wassersystem am Rande eines kleinen Industriegebiets lag, ein zweiter auf den Feldern und ein dritter im bebauten Gebiet.

Bob stutzte. »Könnte das nicht Potter's Playground sein?« Er deutete auf die Karte. »Wir sind doch zuerst von dort gekommen und dann hier eingebogen.« Er fuhr die Strecke mit dem Finger nach.

»Du hast Recht.« Peter klopfte ihm auf die Schulter. »Orientierung sehr gut. Dann lasst uns das mal ausklammern.«

»Ich bin fürs Industriegebiet«, entschied Justus. »Wasser, Gift und Industrie – das könnte doch irgendwie zusammenpassen. Und dann fahren wir einfach in einer Schleife hier an den Feldern vorbei in die Stadt zurück. Diese beiden«, er deutete auf zwei weitere gelbe Punkte im bebauten Gebiet, »lassen wir erst mal links liegen.«

Nach einem kühlen Schluck aus dem Brunnen bestiegen sie die Räder und strampelten auf einer kaum befahrenen Straße ins Industriegebiet.

Sie kamen an einigen Gebäuden vorbei, die bekannte Namen aus der Computerbranche zierten, an zwei Autowerkstätten, einem Verlag und einem Hersteller von Windenergieanlagen. Die Hitze war drückend. Justus hatte das Gefühl, bei jedem Tritt in die Pedale überschwemmte ein neuer Schweißausbruch seinen Körper.

Peter entdeckte das Wasserhäuschen als Erster. Es war dem an der Hauptstraße zum Verwechseln ähnlich und hatte ebenfalls drei nagelneue Schlösser. Keine

Menschenseele ließ sich blicken, aber Möglichkeiten, sich zu verstecken, gab es hier mehr als genug.

»Eine öde Gegend!«, schrie Peter. Dabei ließ er das Lenkrad los und schlug theatralisch die Hände über dem Kopf zusammen. »Und das soll ein Ausflug ins Grüne sein?« Wenn es verborgene Beobachter gab, dann wollte er ihnen wenigstens etwas bieten. Er machte eine abfällige Handbewegung in die Richtung seiner beiden Freunde, drehte sein Fahrrad um und radelte davon. Justus und Bob folgten ihm bis hinter eine Kurve.

»Du bist ja ganz schön in Fahrt«, rief der Erste Detektiv, »vielleicht gibt's eine Hauptrolle im nächsten Western für dich. Frag mal deine Flamme Chelsea.«

Peter überhörte die Spitze. »Ein wirklich guter Detektiv, sagt Sherlock Holmes«, dozierte er mit tiefer Stimme, »muss auch ein guter Schauspieler sein.« Alle drei lachten. »Mister Holmes schlägt die Weiterfahrt zu Punkt drei vor.«

Peter strampelte los. Justus beneidete ihn. Peter Shaw, der durchtrainierte Sportler, schien in der Hitze richtig aufzutauen. Erst nach gut zwei Kilometern in einer langen schattigen Ahornallee holten ihn die beiden anderen ein. Justus keuchte wie eine Lokomotive.

Laut Karte musste hier irgendwo der dritte Punkt sein. Sie sahen sich verstohlen um. Am Ende der Allee begann ein großes Baumwollfeld.

»Seht mal!«, rief Bob überrascht. Die Bäume gaben den Blick frei auf einen Industriekomplex. »Das ist aber nicht auf unsrem Stadtplan eingezeichnet.«

»Muss nichts heißen, ist vielleicht neu«, erwiderte Justus, während sie langsam auf die Gebäude zufuhren.

Die Fabrik machte einen unwirklichen Eindruck. Kein Geräusch drang nach draußen, nirgendwo war ein Parkplatz mit den Autos der Beschäftigten.

»Vielleicht eine Filmkulisse«, mutmaßte Peter.

»Quatsch.« Bob schüttelte den Kopf. »So was sieht anders aus.«

Sie waren auf der Höhe der Einfahrt angekommen. Ein schweres Rolltor war heruntergelassen. Kein Wasserhäuschen weit und breit.

»Das sehen wir uns näher an«, verkündete Justus. Er schloss sein Fahrrad ab und legte es in den Straßengraben.

»Und wenn uns jemand sieht?«, wollte Bob wissen. Auch ihm klebte das T-Shirt am Leib. Ihm war nach Eistee statt nach unüberlegten Erkundungszügen, die mit einiger Sicherheit nichts einbringen würden.

»Dann hat er uns ohnehin schon gesehen«, schlug sich Peter auf Justus' Seite. »Wenn wir in der kurzen Zeit, die uns bis morgen Mittag bleibt, wirklich etwas erreichen wollen, müssen wir auch etwas riskieren.«

Justus spürte, wie Ungeduld in ihm aufstieg. Ergebnisse mussten her. Außerdem reizten ihn die Schmerzen in der Schulter.

»Du bist doch sonst immer dafür, alles genau zu überlegen«, maulte Bob, während auch er sein Fahrrad abschloss.

»Wir wollen doch nicht einbrechen, sondern einfach nur einmal ums Gelände gehen. Da wird uns schon keiner fressen. Wir sagen einfach, wir recherchieren für Jeans Film.«

Bob lenkte ein ohne wirklich überzeugt zu sein. Er hatte sich den Ausflug nach Sedona eigentlich etwas anders vorgestellt. Aber zu dem Konzert morgen Abend, das nahm er sich ganz fest vor, wollte er auf jeden Fall. Nicht einmal der Erpresser persönlich würde ihn davon abhalten.

Überfall im Baumwollfeld?

Das Gelände war mit einem gut drei Meter hohen Maschendraht eingezäunt. Dahinter lagen mehrere Hallen, die mit metallen glänzenden Platten verschalt waren. Das Ganze erinnerte an ein überdimensionales Raumschiff.

Der Erste Detektiv zeigte auf den Zaun. Ein Elektrodraht bildete den Abschluss. »Ob der geladen ist?« Ohne eine Antwort abzuwarten ging er weiter und starrte gebannt auf den Boden. Bob und Peter folgten ihm wortlos.

Justus war sicher etwas zu entdecken, zugleich aber wollte er die Aktion so schnell wie möglich hinter sich bringen. Von der Straße aus hatte der Komplex weniger feindselig ausgesehen. Jetzt, am Rand dieser undurchdringlichen Baumwollfelder und direkt neben diesem womöglich gefährlichen Elektrozaun, fühlte er sich nicht gerade wohl.

Die Hinterseite des Geländes war für die sehr spärlich vorbeifahrenden Autos nicht mehr einzusehen. Peter schaute sich um. Wo, dachte er, steckt dieses verdammte Wasserhäuschen? Im Zaun gab es mehrere große versperrte Zufahrten zu den Baumwollfeldern. Die durch überdachte Gänge verbundenen Gebäude hatten weder Fenster noch trugen sie irgendwelche Schriftzüge. »Wie ein Geheimlabor in Cap Kennedy«, knurrte Bob. Er fragte sich, was zum Teufel sie hier eigentlich verloren hatten. Zugleich ärgerte es ihn, dass er nachgegeben hatte.

»Blödsinn.« Peter belehrte sie, dass Geheimlabors meistens in Wäldern versteckt werden anstatt weithin sichtbar an öffentlichen Straßen herumzustehen. Sie waren an der Hinterseite angekommen und befanden sich nun im Schatten eines lang gestreckten Gebäudeflügels. Hier war es wenigstens etwas kühler. Die Baumwollfelder reichten weit ins Land. Wie Antennen ragten Wasseranschlüsse zur Bewässerung aus dem Boden. Dahinter leuchteten die roten Felsen.

»Das ist ein landwirtschaftlicher Betrieb – wahrscheinlich«, sagte Justus betont gleichgültig.

»Was suchen wir hier eigentlich?«, wollte jetzt auch Peter wissen.

»Ich weiß es noch nicht. Was ich weiß, ist, dass hier was nicht stimmt.« Die beiden anderen warfen sich viel sagende Blicke zu.

Auch an der Rückseite war kein Firmenlogo zu entdecken, keine Werbung, keine Hinweisschilder, nichts.

»Vielleicht steht alles leer, weil das Unternehmen pleite gegangen ist«, meinte Peter. Aber Bob hielt dagegen, dass in diesem Fall wahrscheinlich irgendwo »Zu vermieten« oder »Zu verkaufen« stünde.

»Seht mal her!« Justus hatte sich gebückt und ließ Erde durch seine Finger rieseln. Jetzt merkten auch Peter und Bob, dass sie auf einem Streifen dunkler Erde standen, der von einem der Gebäude herüberkam und sich als meterbreite Schneise in das Baumwollfeld fortsetzte.

»Dieser Streifen Boden ist vor nicht allzu langer Zeit umgegraben worden«, stellte Bob fest. »Entweder von Wühlmäusen oder von Leuten, die darunter eine Leitung verlegt haben.«

Peter stand auf und sah sich um. Sie waren gut 300 Meter von der Straße entfernt. Er wurde das Gefühl nicht los, dass sie doch nicht allein waren hier draußen. Er ging einige Schritte nach vorn und dann wieder zurück, um auch die Winkel zwischen den Hallen einzusehen.

»Da drüben.« Peter spürte, wie seine Handflächen feucht wurden. Ein roter Lorry und eine schwarze Harley waren an einem der überdachten Gänge geparkt. »Lasst uns zurückgehen«, forderte er die Freunde auf.

Justus fühlte sich plötzlich miserabel. Er versuchte es auf die Hitze zu schieben. Leise ächzend stand er auf. Der Schweiß lief ihm in Strömen herunter, in seinem Kopf drehte sich alles, die Schulter pochte und stach und das Vogelgezwitscher erschien ihm überlaut. Aber er wollte die beiden nichts merken lassen. »Umkehren, jetzt?« Er packte eine Erdprobe in eines von Tante Mathildas alten Familientaschentüchern. »Wahrscheinlich stehen die Fahrzeuge schon seit ein paar Jahren unbenutzt da herum«, sagte er leichthin.

»Blödsinn«, fauchte Peter abermals.

Ausgerechnet Bob sprang dem Ersten Detektiv bei. »Jetzt sind wir schon mal hier, machen wir unseren Rundgang fertig. Und dann so schnell wie möglich zurück in die Stadt.

Mit raschen Schritten übernahm er die Führung. Am anderen Ende des Gebäudes traten sie aus dem kühlenden Schatten heraus. Das gleißende Sonnenlicht auf den hohen metallenen Wänden schmerzte in den Augen. Sie schwenkten in Richtung Straße ein. Weit und breit war nichts Auffälliges zu sehen. Sie starrten in das Gelände.

»Hier«, rief Bob und zeigte auf die Wand an einer der kleineren Hallen. »Hier hat etwas gestanden.« Im grellen Sonnenschein waren verschmutzte Konturen zu erkennen, die meist übrig bleiben, wenn Buchstaben abmontiert werden. Weit dahinter waren das Motorrad und der Lorry zu sehen.

Justus kniff blinzelnd die Augen zusammen. Er schwankte leicht. Der erste Buchstabe war kaum noch zu erkennen, der zweite konnte ein A sein und dann folgten deutlich die Buchstaben L und T und O.

»Walton!«, stieß Justus hervor. »Wir sind auf der richtigen Spur.«

»Hoffentlich wissen das nur wir«, gab Bob trocken zurück und strebte weiter der Straße zu.

»Wart mal«, hielt ihn Justus auf. »Vielleicht sollten wir uns besser trennen. Wenn uns wirklich jemand beobachtet hat, braucht er mindestens zwei Helfer, um uns alle drei zu erwischen.«

»Stimmt.« Bob kam wieder heran und wollte Justus

auf die Schulter klopfen. Im letzten Augenblick konnte der ausweichen. »Eine Superidee!«

»Verschiebt eure Freundlichkeiten«, warf der Zweite Detektiv ein. »Ich will weg hier, und zwar schnell.«

»Ihr«, Justus tippte zuerst Bob und dann Peter auf die Brust, »rennt auf dem kürzesten Weg zur Straße. Ich gehe zurück, wie wir gekommen sind.«

»Allein?«, fragte Bob und zog eine Augenbraue hoch.

»Wir sind nun mal nur zu dritt und ich hab uns die ganze Sache auch eingebrockt.«

Justus drehte sich um und ging davon. Die Trennung war eine reine Vorsichtsmaßnahme. Eine wirkliche Gefahr, dachte er, gab's vermutlich gar nicht. Sie waren weiß Gott schon in gefährlicheren Situationen gewesen. Aber noch nie in derart brütender Hitze. Wie ein Feuerball stand die Sonne am Himmel und brannte unbarmherzig auf die Erde nieder. Wenn sich wenigstens ein Lufthauch regen würde!

Er hielt sich am Zaun fest und starrte auf das Gelände. Nichts bewegte sich. Keine Tür ging auf, niemand lief zum Auto, kein Hund begann zu bellen. Hoffentlich, schoss es ihm durch den Kopf, hetzt niemand irgendwelche Wachhunde auf uns. Vor solchen beißwütigen Aufpassern hatte er schon immer mächtigen Respekt gehabt. Er blickte den Weg zurück. Von Bob und Peter war keine Spur mehr zu sehen.

Plötzlich musste er an den dunklen, kühlen Keller im großen alten Haus seiner Großeltern in Rocky

Beach denken, in dem er als Kind immer laut die Melodie von »Rudolf, the rednosed rendeer« gepfiffen hatte.

Er ging den sandigen Weg zurück. Links ein Baumwollfeld, rechts der Zaun. Manchmal knirschte es unter seinen Füßen. Justus wischte den Schweiß von der Stirn, im nächsten Moment war sie wieder nass.

Das Ende des Schattens, den das Gebäude an der Hinterseite warf, kam näher. Zehn Schritte noch, neun, acht, sieben, sechs. Unwillkürlich duckte sich Justus und schlich sich an. Vorsichtig lugte er um die Ecke. Er spürte plötzlich einen dumpfen Schmerz. Dann wurde ihm schwarz vor Augen.

In der Ferne zwitscherten noch immer die Vögel. Justus hörte verhaltene Schritte. Zuerst glaubte er, sie entfernten sich, dann merkte er, dass sie näher kamen. Erschreckt schlug er die Augen auf. Er sah in ein Gesicht dicht über ihm.

»Was war los?«, hörte er Bob aufgeregt fragen. Schädelbrummen, Schulterpochen: Justus konnte seine Gedanken nicht sofort ordnen. Langsam setzte er sich auf.

»Hat dir jemand eins übergezogen?«
»Wie soll ich das wissen«, murmelte Justus.
»Hast du jemanden gesehen?«
Der Erste Detektiv schüttelte den Kopf und rappelte sich hoch. Sein Blick fiel auf den Elektrozaun und er erinnerte sich, dass sie an einem Firmengelände

entlanggelaufen waren. »Walton«, brummte er. »Wo ist Peter?«

»Vorne an der Straße«, gab Bob zurück. »Ich bin los, um dich zu suchen. Wir haben über zehn Minuten auf dich gewartet.«

Allmählich wurde es wieder heller in Justus' Kopf. »Auf«, sagte er forscher, als er sich fühlte, und trabte voran.

»Peter, wir sind da!«, schrie Bob so laut er konnte, als sie an der Straße angekommen waren. Nichts rührte sich. »Peter, wo bist du?«, wiederholte er.

Schwer atmend plumpste Justus auf die Wiese. Von Peter weit und breit keine Spur. Bob lief aufgeregt hin und her und baute sich dann vor dem Ersten Detektiv auf.

»Er ist verschwunden.«

»Hm. Und sein Rad?«

»Ist da«, antwortete Bob und warf seinem Freund einen bösen Blick zu. »Wenn ihm was passiert ist . . .«

». . . dann bin ich schuld. Ganz klar.«

Justus setzte sich auf. Das Firmengelände lag zwischen den Feldern, als wäre nichts geschehen. Einen Trost gab es: Walton! Sie wussten jetzt, dass dieses Unternehmen, das da so unschuldig im Sonnenlicht glänzte, etwas mit dem Erpressungsfall zu tun hatte.

Bob funkelte ihn an. »Richtig kopflos war das Ganze. Zuerst kriegst du eins über den Schädel und jetzt ist Peter weg.«

Justus hielt es für klüger, keine Antwort zu geben. Vorsichtig tastete er seinen Kopf nach einer Beule ab.

Dann erhob er sich etwas umständlich und kletterte in den Straßengraben zu den Rädern.

»Willst du jetzt etwa wegfahren?«, fragte Bob entrüstet.

»Unsinn.« Ohne große Hoffnung begann der Erste Detektiv die Drahtesel zu inspizieren. Aber er hatte Glück. »Schau einer an.« Justus deutete auf Peters Rad. Bob beugte sich darüber, aber ihm fiel nichts auf.

»Das Werkzeug fehlt!«

Alle drei Räder waren mit den kleinen Etuis aus Plastik bestückt gewesen. Der freundliche Mister Che in der Jugendherberge hatte sie extra darauf aufmerksam gemacht.

»Das darf doch nicht wahr sein.« Bob dämmerte es plötzlich, wieso Peter verschwunden war. »Er wollte sich auf keine langen Diskussionen mit uns einlassen.«

Justus nickte müde. Sie hockten sich wieder an den Straßenrand. Irgendwann musste Peter von seinem Erkundungstrip ins Innere des unheimlichen Geländes zurückkommen.

Justus sah auf die Uhr. Es war kurz nach vier.

»Vielleicht sollten wir jetzt ihm nach«, überlegte Bob. Aber dann schüttelte er den Kopf. »Hat was Ätzendes, dass dauernd einer fehlt.«

Ein Campmobil fuhr vorüber und Justus schlug vor noch eine Viertelstunde zu warten und dann das weitere Vorgehen zu besprechen. Bob war einverstanden und sie versanken in brütendes Schweigen.

Aber bald stand Justus ächzend wieder auf. Die

Untätigkeit zerrte an seinen Nerven. Bob reagierte nicht.

»Bist du noch sauer?«, fragte der Erste Detektiv nach einiger Zeit.

»Nee«, sagte Bob gedehnt, »aber du bist irgendwie anstrengend in den letzten Tagen.« Er sah Justus an. Sie schwiegen wieder und starrten zu Mister Waltons Firmengebäude hinüber.

»Hast ja Recht«, sagte Justus. »Kommt so schnell nicht mehr vor.«

Wieder fuhr ein Auto vorüber und kurz darauf ein zweites. Der Uhrzeiger rückte auf halb fünf.

»Ganz schön heiß in der Sonne.« Justus ging auf der Straße auf und ab. Unzufrieden kratzte er sich am Kopf, in dem es noch immer zuging, als hätte sich ein Wespenschwarm eingenistet. Aber er fühlte sich seltsamerweise bedeutend besser als vor seinem K. o. Er überdachte ihre Situation. Vielleicht steckte Peter doch in der Klemme. Und er, Justus, hatte mit dieser ganzen Aktion einen großen Fehler gemacht. Er beschloss ihn auf der Stelle wieder gutzumachen.

»Okay«, entschied er, »wir suchen ihn.«

»Nicht nötig«, schrie Bob ausgelassen, »guck mal, wer da kommt!«

Locker trabte Peter über die Straße und wurde von Bob überschwänglich umarmt. Justus begnügte sich mit einem Klaps. Eigentlich hatte er für Alleingänge überhaupt nichts übrig. Aber heute hatte er selbst nicht gerade Lorbeeren verdient. Besser, er hielt den Mund. »Na«, sagte er, »Recherche erfolgreich beendet?«

»Und wie!« Der Zweite Detektiv strahlte übers ganze Gesicht und zog ein Foto aus der Hosentasche.

»Dafür wurde Justus niedergeschlagen«, warf Bob ein.

Peter riss die Augen auf, beruhigte sich aber sofort wieder, als er an Justus weder Schrammen noch sonstige Spuren einer ernsthaften Verletzung feststellte. »Ich habe keine Menschenseele gesehen.«

»Ich eigentlich auch nicht«, gab Justus unsicher zu. »Aber hinter den Gebäuden war anscheinend doch jemand.« Er deutete auf das Foto: »Lass sehen!«

»Da haben wir unseren Mister Walton«, sagte Peter. Das Bild zeigte einen massigen Mann mit einem Stetson, umringt von Leuten in blauen Arbeitskitteln. Der Text unter dem Foto machte deutlich, dass es bei einer Betriebsfeier zur Ehrung lang gedienter Mitarbeiter aufgenommen worden war.

»Vor vier Monaten hat er seinen Betrieb dichtmachen müssen. Aber da drin sieht alles so aus, als ob die Produktion jederzeit wieder aufgenommen werden könnte.«

»Und was wird da fabriziert?«

»Irgendwelche hypermodernen Industriefliese und Filter. Fragt mich nicht wofür.«

Justus schlug Peter vor auf dem Rückweg in die Stadt alles der Reihe nach zu berichten. Langsam radelten sie durch die Ahornallee und der Zweite Detektiv berichtete mit stolzgeschwellter Brust von den Schlössern, die er mithilfe der Fahrradzange geknackt hatte, und von seinem Streifzug durch das Reich von Mister Walton.

»Der hängt bestimmt in dieser Geschichte drin«, stellte er mit Nachdruck fest. »Wir müssen herausfinden, warum die Produktion stillsteht.« Er erzählte von den Plakaten in den Hallen, die das Datum der Betriebsschließung mitgeteilt hatten. Eine Begründung dafür hatten sie nicht enthalten.

»Aber was war los mit diesem Betrieb?«, rief Bob. »Und wo sind die Beschäftigten jetzt?«

Sie hatten den Stadtrand erreicht und entschieden sofort zur »Sedona Tribune« zu fahren. Peter, noch immer aufgekratzt, fuhr voraus. Mit traumwandlerischer Sicherheit bewegte er sich durch das Straßengewirr, als kenne er Sedona wie seine Westentasche.

Vielleicht hat er neuerdings ein fotografisches Gedächtnis, kombinierte Justus, und trägt den Stadtplan komplett im Kopf. »So wie ich ein Wespennest«, murmelte er und hängte sich an Peters Hinterrad, was nicht so einfach war angesichts der Menschenmenge, die sich schon wieder durch die Straßen wälzte.

Sie kamen an dem Lokal vorbei, in dem sie am Vorabend Ruth und Chosmo kennen gelernt hatten. Und in der nächsten Seitenstraße lag die Redaktion.

Eine Journalistin ist verschwunden

Die Redaktion war ganz anders als die Büroräume, in denen Bobs Vater in Los Angeles bei der »Post« arbeitete. Kein Wolkenkratzer, keine Spiegelfenster, kein Glasaufzug und kein Foyer mit Ledercouch. Bei der »Sedona Tribune« ging's einfacher zu und vermutlich auch etwas gemütlicher. Bei seinem Vater musste Bob immer an der Portiersloge auf ein Okay warten, ob er das Gebäude überhaupt betreten durfte. Hier in Sedona fragten sie einfach nach Ruth und Chosmo und eine freundliche ältere Dame erklärte ihnen den Weg.

»Wie geht's deinem Schädel?«, fragte Peter teilnahmsvoll.

Justus winkte bloß ab. Sie marschierten durch enge Gänge, deren Verputz an vielen Stellen erneuerungsbedürftig war. Es roch nach Bohnerwachs und Kantinenessen.

Im zweiten Gang rechts hinter der vierten Tür sollten die beiden Praktikanten zu finden sein. Und das waren sie auch, genauer gesagt, Ruth war da. Sie saß an ihrem Schreibtisch und hämmerte auf die Tastatur ihres PC. Das ehrwürdige Exemplar einer längst versunkenen Computergeneration, stellte Justus mit fachmännischem Blick fest.

»Hi«, begrüßte sie Ruth. »Was wollt ihr denn hier?«

»Dich besuchen, wie versprochen«, sagte Justus.

»Sucht euch einen Platz.« Ruth deutete auf zwei etwas wackelige Stühle und einen Hocker. »Auf solchen Andrang sind wir nicht eingerichtet. Ihr habt Glück, Chosmo ist gerade unterwegs.«

Sie deutete auf den Ersten Detektiv. »Du bist Justus, stimmt's? Du hast dich mir richtig eingeprägt.«

Justus blickte vorsichtig an sich herunter und überlegte, ob er das als Anspielung verstehen musste. Er sah unverkennbar anders aus als Peter und Bob: kleiner und nicht ganz so sportlich, auch wenn er mit »Pummel«, seinem ungeliebten Spitznamen von früher, glücklicherweise nicht mehr viel gemein hatte.

»Und du bist Bob?«, fragte Ruth ganz unbefangen den Zweiten Detektiv.

»Nein, das ist der dritte im Bunde«, sagte der vergnügt, »ich bin Peter.«

»Okay.« Ruth schnippte mit den Fingern. »Jetzt hab ich's wieder auf der Reihe.«

Die drei ??? sahen sich in dem kleinen Büro um. Durch das linke der beiden schmalen Fenster war der Glockenturm zu sehen, eines der Wahrzeichen von Sedona. Ruths antiquierter Schreibcomputer passte nahtlos zu den abgenutzten Möbeln. Auf einem ehemals weißen Stehpult lagen zwei Bände alter Ausgaben der »Sedona Tribune«. Das Beste in diesem Raum, fand Justus, war die angenehme Kühle.

»Also, was wollt ihr?«, fragte das Mädchen noch

einmal in ihrem typischen New Yorker Tonfall. »Einfach mal 'ne Redaktion von innen sehen?«

»Eigentlich nicht«, mischte sich Bob ein, etwas gekränkt, dass man ihn so einfach mit Peter verwechselt hatte. »Mein Vater arbeitet bei der ›Los Angeles Post‹. An Redaktionen von innen ist eigentlich kein Mangel.« Er genoss Ruths verdutztes Gesicht.

»Wir brauchen eure Hilfe«, ergriff Justus die Initiative. Sie waren sich einig gewesen, dass sie die beiden in alles einweihen wollten, was sie wussten. Mit Ausnahme von Peters Ausflug ins Walton-Gelände. »Es geht um den Erpressungsfall.«

Ruth stützte ihr Kinn in die linke Hand und hörte aufmerksam zu, als Justus von dem Besuch bei van Well, dem Wasserleitungsplan und ihrer Rundfahrt draußen vor der Stadt berichtete. Ein paar Mal machte sie sich Notizen. Als der Erste Detektiv geendet hatte, sah sie die drei Jungs spitzbübisch an. »Wie kommt ihr eigentlich dazu, euch um den Erpressungsfall zu kümmern? Wart ihr nicht bei irgendwelchen Filmaufnahmen?«

Peter nickte. »Schon, aber die hat man auf Eis gelegt. Außerdem sind wir«, er machte eine etwas linkische Handbewegung zu den beiden anderen, »schon seit Jahren ziemlich erfolgreiche Detektive.«

»Verstehe«, erwiderte Ruth. Offenbar sah sie, anders als Jean, keinerlei Anlass für zweifelnde Nachfragen. »Schön, ihr wollt meine Hilfe. Könnt ihr haben. Bloß, das Wort gefällt mir nicht.« Selbstbewusst sah sie in die Runde. »Ich will mit euch zusammenarbeiten.«

»Was heißt das?«, fragte Bob stirnrunzelnd und dachte an Jean und Chelsea, die ebenfalls Interesse an ihrer Arbeit geäußert hatten.

»Wenn ihr den Fall wirklich aufklärt, möchte ich eine Geschichte über euch schreiben«, sagte Ruth ohne langes Überlegen. »Eine Geschichte, in der ihr über euch und eure Arbeit erzählt, nicht nur über die Erpressung in Sedona. Für unsere Jugendseite, die einmal in der Woche erscheint.«

Justus blickte zu Peter und dann zu Bob. Beide nickten.

»Nullo problemo«, sagte der Zweite Detektiv und sah sich schon in der passenden Pose auf einem Zeitungsfoto. Auch Bob fühlte sich geschmeichelt.

»Erst die Arbeit, dann die Siegerehrung«, holte Justus sie wieder in die Wirklichkeit zurück. »Vom Erfolg sind wir noch ganz schön weit entfernt. Weißt du, ob es irgendetwas Neues gibt?«

»Nein. Die Polizei schweigt wie ein Grab. Chosmo ist im Rathaus, aber dort sagen sie auch nichts. Tappen offenbar ganz schön im Dunkeln, auch wenn der wunderbare van Well, den ihr ja auch schon kennen gelernt habt, aufgeblasen herumstolziert.« Sie sah die drei herausfordernd an. »Und weiter?«

»Sagt dir der Name Alysia Hancock etwas?«, fragte Peter.

Offenbar war das ein Volltreffer. Ruth zog überrascht und anerkennend die Brauen hoch. Ihre großen Augen wurden so noch größer.

»Alysia ist Journalistin. War Journalistin, muss man

möglicherweise sagen.« Ruth machte eine Pause. »Alysia ist nämlich verschwunden.«

»Ach«, sagte Justus.

Alysia Hancock hatte bis vor knapp einem Jahr bei der »Sedona Tribune« gearbeitet. Das hatte Ruth vor einigen Wochen zufällig im Archiv erfahren, als sie über eine Reportage der jungen Frau gestolpert war. Weitere Fragen nach Alysia wollte allerdings niemand in der Redaktion beantworten.

»Was war das für eine Reportage?«, fragte Justus.

»Über Potter's Playground, das ist . . .«

»Wissen wir«, unterbrach sie Bob.

Justus schmunzelte in sich hinein. Musikstars hin oder her, jetzt hatte auch ihr Fachmann für Recherchen Feuer gefangen. Und dann wollte er nicht erst lange durch schon bekannte Details aufgehalten werden.

»Die hatten mal Probleme«, fing Ruth an.

»Mit Wasser«, ergänzte Justus.

Ruth schüttelte den Kopf. Offenbar wusste sie nicht, ob sie sich amüsieren oder ungehalten werden sollte. »Ihr habt eine etwas anstrengende Art, Unterhaltungen zu führen. Wie wär's, wenn ich jetzt mal rede und ihr hört zu?«

Ohne weitere Unterbrechungen berichtete Ruth, dass Alysia eine Serie über »Die Stadt, in der wir leben« begonnen hatte. Was ursprünglich eher als Wochenendlesestoff geplant war, bekam schon nach der dritten, vierten Folge eine gewisse Brisanz. Die Reportage über Potter's Playground enthielt Andeutungen über ungelöste Sondermüllprobleme. Der nächste Artikel befasste sich mit Dreharbeiten zu einem neuen Western, die im Naturschutzgebiet stattfanden.

»Was eigentlich nicht erlaubt ist«, erklärte Ruth. »Und dann war plötzlich Schluss mit der Serie. Warum und weshalb, will hier niemand sagen. Oder es weiß keiner. War jedenfalls ziemlich seltsam. Angeblich soll Alysia dann einen besseren Job an der Ostküste bekommen haben. Aber komischerweise kennt sie dort bei den größeren Zeitungen niemand. Vater hat für uns rumgefragt.«

Justus wollte wissen, woher sie das alles erfahren hatte, und Ruth erzählte vom Archivar der »Sedona Tribune«, der nur noch stundenweise ins Haus kam. »Seit vor einem halben Jahr alles auf Computer umgestellt wurde.« Ruth tätschelte ihren antiquierten Laptop.

»Aus Kostengründen sind die alten Beiträge aber noch in Mappen, so wie früher. Mister Rosenblatt hat mir die ganze Serie gezeigt. Aber als ich mehr wissen wollte, ist auch er plötzlich sehr einsilbig geworden.«

»Hatte Alysia Familie in Sedona?«

»Keine Ahnung.« Das Mädchen fuhr durch ihre kurzen Haare. »Wenn ihr meint, dass Alysia in der Erpressungsgeschichte mit drinhängt«, sie sah auf die Uhr, »dann lasst uns mal ins Archiv gehen. Wahrscheinlich ist Mister Rosenblatt gerade da.«

Sie gingen wieder durch einige verwinkelte Gänge, ein Stockwerk rauf, ein anderes wieder runter, und standen vor einer Tür mit der abblätternden Aufschrift »Archiv«. Ruth klopfte an und trat ein. Ein kleiner, rundlicher Mann mit Goldrandbrille und Ärmelschonern stand zwischen hohen Aktenschränken. Bedächtig kam er auf sie zu.

»Guten Abend, Mister Rosenblatt«, begrüßte Ruth den Archivar, »wie geht es Ihnen?«

»Ging schon schlechter«, sagte der Mann mit einer angenehmen, volltönenden Stimme. »Was kann ich für dich tun?«

»Das hier ist Justus . . .« Sie stockte. ». . . Hancock«, kam Justus ihr zu Hilfe. Rosenblatts Gesicht schien sich etwas zu verfinstern. »Ich bin ein Cousin von Alysia Hancock und zufällig mit meinen Freunden auf der Durchreise. Eigentlich wollten wir gleich von Montezuma's Castle nach Flagstaff, aber es ist uns zu spät geworden. Deshalb sind wir in die Jugendherberge.« Mit seiner Mutter in Denver wollte Justus auch noch telefoniert haben, um zu berichten, dass seine Freunde und er wohlauf seien. Und die, fabulierte er weiter, hatte ihm von seinen Verwandten in Sedona erzählt.

Rosenblatts Miene hellte sich wieder auf. »Tja, über Alysia kann ich dir leider nichts sagen«, meinte der ältere Herr freundlich. »Sie arbeitet schon seit einiger Zeit nicht mehr bei uns und ist aus Sedona weggezogen. Aber zwei Brüder von ihr leben hier. Cousins von dir also.«

Justus entschied sich für Angriff. »Ah, Sie meinen Timothy.«

Der Archivar stutzte. »Das muss dann wohl der jüngere sein. Ich kenne nur René.«

»Wissen Sie vielleicht sogar, wo er wohnt?«, fragte Ruth, die mit großen Augen Justus' Auftritt verfolgt hatte.

»Ja, in der Weststadt, ich glaube, gleich an der Mehrzweckhalle.«

Sie dankten höflich und verabschiedeten sich von Mister Rosenblatt. In Ruths Büro warfen sie einen Blick ins Telefonbuch und fassten einen schnellen Entschluss. Sie verabredeten sich für zwei Stunden später im »Mexicana«. Ruth wollte noch Chosmo benachrichtigen und versprach alles mitzubringen, was sie bis dahin über die Firma Walton herausfinden würde – und über die Besitzer der Wasserrechte in Sedona.

»Ihr geht ganz schön ran«, sagte sie zum Abschied.

»Klar«, grinste Peter, »wir wollen doch in die Zeitung.«

Justus benimmt sich merkwürdig

In der Weststadt von Sedona waren die Straßen streng alphabetisch eingeteilt. An der M-Street standen mehrere Apartmenthäuser in Plattenbauweise. Es war vermutlich nicht die beste Adresse in Sedona, aber immerhin machte die Gegend keinen heruntergekommenen Eindruck, vor allem dank der alten Ahornbäume, die alle Straßenbaumaßnahmen unbeschadet überstanden hatten.

Die drei ??? fanden die angegebene Adresse sofort. Ganz unten, als Letzter in der linken Reihe, prangte am Klingelbrett der Name »Hancock«. Justus läutete.

Stille.

»Ausgeflogen«, sagte Bob lakonisch und sah an der Fassade des Gebäudes hoch. Nichts rührte sich, kein Fenster wurde geöffnet, niemand trat auf einen der kleinen Balkone.

Justus läutete noch einmal. Erneut keine Reaktion. »Vielleicht haben wir bei den Nachbarn Glück«, sagte er und drückte kurz entschlossen auf die Klingel eines Mister Christopher.

Wieder geschah nichts.

»Ziemlich ausgestorben, das Haus«, meinte Peter, während er ungeduldig von einem Bein aufs andere hüpfte. »Dabei ist doch eigentlich Zeit fürs Abendessen.«

»Aller guten Dinge sind drei«, zitierte Justus Onkel Titus und klingelte bei Bernstein.

Kurz darauf knackte es im Lautsprecher. »Hallo«, hörten sie eine Frauenstimme fragen, »wer ist da?«

»Wir sind Verwandte von René Hancock«, blieb der Erste Detektiv bei seiner Geschichte, »leider ist er nicht zu Hause, können Sie uns vielleicht weiterhelfen?«

Mrs Bernstein überlegte offensichtlich. »Wartet«, war ihre Stimme nach einigen Sekunden zu vernehmen, »ich komme auf den Balkon.« Der Lautsprecher knackte.

Die Jungs traten einige Schritte von der Haustür zurück und sahen nach oben. Im zweiten Stock wurde eine der Glastüren zum Balkon geöffnet und es erschien eine ältere Frau mit weißen Haaren und einem mächtigen Knoten im Nacken. Etwas misstrauisch sah sie auf die Jungs hinunter.

»Wo Mister Hancock ist, weiß ich auch nicht.« Sie musterte die drei und die Prüfung schien zu ihren Gunsten auszufallen. »Aber vielleicht versucht ihr's bei seinen Geschwistern.«

»Können Sie uns freundlicherweise sagen, wie die –« Justus stieß Peter in die Seite und der begriff sofort. »Wo die wohnen?«

»Ein Bruder, glaub ich, wohnt nur zwei Straßen weiter, drüben in der K-Street«, gab die Frau zuvorkommend Auskunft. »Die Nummer weiß ich nicht.«

»Und die Schwester?« Justus wollte die Gunst der Stunde nutzen.

»Irgendwo in der Altstadt«, antwortete die Frau bereitwillig, »aber fragt doch mal bei der ›Sedona Tribune‹ nach, dort arbeitet sie nämlich.«

»Freundlich, aber nicht auf dem Laufenden«, brummte Bob, ohne dass diese Bemerkung bis hinauf zum Balkon drang. Mrs Bernstein winkte den Jungs zu und kehrte ins Haus zurück.

»'tschuldigung. Da hätte ich's wohl fast verpatzt«, sagte Peter, nachdem die Frau wieder hinter der Balkontür verschwunden war, und legte Justus die Hand auf die rechte Schulter.

»Neiiiin«, jaulte der Erste Detektiv auf und krümmte sich über der Stange seines Fahrrads.

Bob und Peter sahen ihn erschrocken an.

Justus holte tief Luft und massierte die Schulter. »Da hat mich was gestochen, da bin ich vorhin draufgestürzt.« Für einen Augenblick machte ihn der Schmerz konfus. Langsam richtete er sich wieder auf. »Und beim nächsten Mal pass besser auf, wenn du als Verwandter Fragen über Verwandte stellst.«

Ohne eine Antwort abzuwarten schob er sein Rad durch zwei schmale Baumreihen in Richtung K-Street davon.

»Weißt du, was los ist?«, meinte Bob. »Irgendwie ist er komisch, schon seit wir hier sind.«

»Vielleicht hat ihn wirklich was gestochen. Und wie war das mit dem Schlag auf den Kopf?«

Bob erzählte, dass er an die Stelle zurückgegangen war, an der sie sich getrennt hatten. »Weil ich ihn nicht gesehen habe, bin ich in seine Richtung gelaufen. Als ich um die Ecke bog, wäre ich fast über ihn gestolpert. Und weit und breit war niemand sonst zu sehen. Ganz schön komisch, was?«

In einigem Abstand schoben sie ihre Räder hinter Justus her.

»Vielleicht hat er auch einfach nur schlecht geträumt«, riet Peter. »Das bringt ihn doch immer ein bisschen durcheinander.«

»Ist bloß schon zwölf Stunden her«, knurrte Bob. Peters Erklärungsversuche konnten ihn nicht überzeugen. Er schüttelte den Kopf und beschloss sich lieber auf die Suche nach dem jungen Hancock zu beschränken als die wahren Gründe für Justus' merkwürdige Gemütslage herauszubekommen.

Mit einigen schnellen Schritten schlossen sie auf. Sie überquerten die L-Street. Die Häuser wurden schäbiger. Sie kamen an einer schmuddeligen Bar vorüber und an einem vietnamesischen Gemüsehändler. Zwischen zwei Bäumen tauchte eine Telefonzelle auf. Peter drückte Bob wortlos den Lenker seines Fahrrads in die Hand und lief hinüber.

»Diesem Mister Hancock können wir ja nicht gut die Geschichte mit den lieben Verwandten aus Denver auftischen«, sagte Bob bedächtig.

»Tun wir auch nicht. Bei dem versuchen wir's einfach mit der Wahrheit.«

Peter kam zurück. Er hatte die gesuchte Adresse im

Telefonbuch gefunden. Alysias Bruder hieß Marcel und wohnte etwa vier Blocks weiter.

Sie benötigten keine fünf Minuten, um die Nummer 89 zu finden. Das Haus hatte nur zwei Stockwerke und stand in einem kleinen, verwilderten Garten.

Wieder klingelte Justus bei dem Namen Hancock. Diesmal brauchten sie nicht lange zu warten. Ein mexikanisches Mädchen mit schulterlangen schwarzen Haaren öffnete die vergitterte Glastür einen Spalt und spähte heraus.

»Hi«, sagte sie und musterte die drei ??? eingehend.

»Hi«, gab Peter zurück. »Wir suchen Marcel Hancock, der wohnt doch hier, oder?«

Das Mädchen nickte. Justus fiel auf, dass sie, als der Name genannt wurde, die Haustür unwillkürlich ein Stück zudrückte.

»Und was wollt ihr von ihm?« Sie klang nicht besonders freundlich.

Justus lehnte sein Fahrrad an die Hauswand. »Dürfen wir reinkommen?«, wollte er wissen und ging auf die Tür zu.

Der Spalt wurde noch schmaler. Richtig ängstlich sah das Mädchen jetzt aus.

»Wir kommen aus Los Angeles und gehören zu einem Filmteam, das beim Musikfestival arbeitet«, versuchte Peter das Interesse der jungen Dame zu wecken. »Dürfen wir nicht doch reinkommen?«

Hinter ihnen fuhr ein Motorrad heran und wurde mit dem typischen gurgelnden Geräusch abgestellt.

»Nein«, antwortete das Mädchen laut. »Das geht nicht.« Sie schrie fast. »Marcel ist gar nicht zu Hause.« Mit einem dumpfen Schlag fiel die Tür ins Schloss.

Verblüfft standen die drei ??? vor dem Haus. Peter hob die Hand, um noch einmal auf den Klingelknopf zu drücken. Hinter ihnen jaulte ein Anlasser auf und wie auf Kommando fuhren sie herum. Keine zwanzig Meter von ihnen entfernt saß ein schlanker Mann auf einem schwarzen Motorrad. Sein Gesicht verbarg er hinter einem roten Helm.

Bob und Peter reagierten im selben Augenblick.

Sie sprinteten los, waren aber ohne Chance. Der Fahrer riss seine Maschine herum und schoss in Richtung Hauptstraße davon.

Enttäuscht stemmten sie die Arme in die Hüften. Justus kam herangeschlendert. Er sah ausgesprochen zufrieden drein. Jede Wette wollte er eingehen, dass genau diese Harley ein paar Stunden vorher auf dem Walton-Gelände gestanden hatte.

Aber Bob und Peter dachten nicht daran, dagegenzuhalten. »Was glaubst du wohl«, fragte Peter, »warum wir diesen fabelhaften Blitzstart hingelegt haben?«

Die Punkte auf dem i

Zwei Dinge wurden den drei ??? klar, als sie im »Mexicana« saßen und auf die Bedienung warteten: Sie hatten seit dem Mittagessen im Motel mit Jean und den anderen nichts mehr zu sich genommen und infolgedessen Riesenlöcher im Magen. Und außerdem waren sie, was den Erpresser anging, absolut nicht auf dem Laufenden.

Das Ernährungsproblem war schnell zu lösen. Bob und Peter bestellten eine Riesenportion Tacos, Justus entschied sich für ein Schinkenomelett. Dann gingen sie zur Bar, um auf dem Riesenbildschirm die Nachrichtensendung der örtlichen TV-Station zu verfolgen.

Es war mindestens genauso laut und voll in dem Lokal wie am Abend zuvor. Als aber das Zeitzeichen acht Uhr signalisierte, ebbte der Lärmpegel schlagartig ab. »Pssst«, zischten die Gäste und die Hälse reckten sich.

Eine Nachrichtensprecherin teilte die bereits bekannten Fakten mit. Drei Mal hatte sich der Erpresser bisher gemeldet, immer nach dem gleichen Muster. Weder der Weg des Briefes noch der Ort der Anrufe konnten bisher rekonstruiert werden. Dann folgte eine Livereportage aus dem Rathaus, die ein junger Mann mit dem Satz »Es gibt noch immer keine heiße Spur« begann. Als dann auch noch van Well interviewt wurde, kehrten die drei an ihren Tisch zurück.

»Entweder die wissen wirklich nicht viel mehr...«, sagte Justus und ließ sich auf seinen Stuhl fallen.

»... oder sie behalten für sich, was sie wissen«, ergänzte Peter. »Ich tippe auf Letzteres.«

Eine Kellnerin brachte Orangensaft und Cracker, über die sich Bob und Peter sofort hermachten.

Justus massierte seine Schulter. Die beiden anderen beobachteten ihn verstohlen.

»Wenn Mister Unbekannt...«

»Bevor wir uns mit Mister Unbekannt befassen«, unterbrach ihn Peter kauend, »wollen wir von dir wissen, was los ist, und zwar ohne Ausflüchte.«

Bob nickte heftig. »Irgendetwas verheimlichst du doch«, sagte er mit einem leisen Vorwurf in der Stimme, »und damit ist jetzt Schluss.«

Der Erste Detektiv rutschte verlegen auf seinem Sitz hin und her. Er merkte, dass er rot wurde, so erwartungsvoll und streng sahen ihn Peter und Bob an.

»Hi«, war plötzlich hinter ihnen eine bekannte Stimme zu vernehmen. Und schon klopfte Chosmo zur Begrüßung mit den Fingerknöcheln auf den Tisch. Justus war erleichtert. Noch blieb es ihm erspart, von seiner unerfreulichen und wenig rühmlichen Begegnung mit einigen wehrhaften Kakteen zu berichten.

»Ich bin okay«, stieß er leise hervor. Bob und Peter

verzogen ungläubig die Miene, verzichteten aber für den Moment auf weitere Fragen.

Ruth kam hinzu und legte eine dicke Mappe auf den Tisch. »Wie bestellt.« In knappen Sätzen berichtete sie, dass sie und Chosmo hinter dem Rücken von Mister Rosenblatt Alysias Serie und noch ein paar andere Reportagen von ihr kopiert hatten. Und sie konnte einiges über Hendrik Walton, einen Großindustriellen aus Flagstaff, in Erfahrung bringen, der als Mäzen auch das Musikfestival unterstützte. Vor vier Jahren hatte er eine der modernsten Fabriken Arizonas an den Stadtrand von Sedona gestellt.

»Verarbeitet wird Baumwolle«, erzählte Ruth weiter, »und zwar zu hochmodernen Industriefiltern. Für Heizkraftwerke, Müllverbrennungen und so weiter. Es gibt aber auch Gerüchte, dass Walton da draußen an der Entwicklung einer neuen Papierart arbeiten lässt.«

»Was heißt neue Papierart?«, wollte Peter wissen.

»Wir haben uns mit dem Chef unseres Wirtschaftsressorts unterhalten«, erwiderte Chosmo. »So ganz beiläufig über Ökopapier und anderes, weil der Erpresserbrief, der bei der ›Tribune‹ eingegangen ist, doch auf Ökopapier geschrieben wurde. Und der hat erzählt, dass ›Walton Industries‹ schon lange mit einer revolutionären Sorte Papier experimentiert. Hier in Sedona sind Forschungsarbeiten allerdings nicht genehmigt, weil das mit noch mehr Wasserverbrauch verbunden wäre, als ohnehin schon in der Fliesproduktion nötig ist.«

»Gut. Und was wisst ihr über die Wasserrechte?«, schaltete sich Bob ein.

Ruth holte tief Luft für das nächste Thema. Sedona wurde durch den Oak Creek, aber auch durch einige andere Quellen und etwas Grundwasser versorgt. Alles, was aus dem Oak-Creek-Tal kam, gehörte der Stadt. Die anderen Quellen waren in privater Hand.

»Ich hab noch was für euch«, sagte Ruth und sah die Jungs herausfordernd an. Mit spitzen Fingern griff sie in die Innentasche ihrer Lederjacke und zog ein Papier heraus. »Was zahlt ihr?«

Peter äugte über Justus' Schulter hinweg und riet am schnellsten. »Nicht schlecht«, sagte er anerkennend, »der Liebesbrief vom Erpresser, oder?«

»In Zahlen«, konterte Ruth.

Sie reagierten nicht.

»Also, ich warte.« Fröhlich wedelte sie mit der Kopie des Erpresserbriefs vor ihren Augen hin und her.

»Wir zahlen nichts«, sagte Justus eine Spur zu streng. Das kesse Mädchen war nicht so ganz sein Fall. Er fand sie einerseits ziemlich nett, andererseits aber auch ganz schön anstrengend und ein bisschen zu geschäftstüchtig.

»Entschuldigen Sie, Miss. Unser junger Freund hat heute seinen charmanten Tag«, versuchte Peter die Situation zu entschärfen und stellte fünf Liter Eistee in Aussicht. Zugleich warf er Justus einen Blick zu, der sagen sollte: Von mir kannst du einiges lernen.

»Schon überredet.« Ruth bedankte sich gespielt

übertrieben und drückte das Blatt, sehr zu Justus' Missfallen, dem Zweiten Detektiv in die Hand. Offenbar hatte sie noch nicht richtig begriffen, dass die drei ??? einen Anführer hatten, und der war Justus Jonas.

Peter betrachtete das Blatt eingehend von allen Seiten und begann dann vorzulesen: »Sehr geehrte Damen und Herren – der schlägt ja einen gepflegten Ton an –, wenn Sie wollen, dass das fête de la musique wie geplant über die Bühne geht, zahlen Sie 250 000 Dollar. Die Sache ist ernst. Sollten Sie meinen Anweisungen nicht Folge leisten, wird das Trinkwasser von Sedona vergiftet.«

»So, so«, brummte Justus. Ihm schien Ruths Mitbringsel nicht besonders zu imponieren. Zumindest tat er so. »Wieso wird bei Walton eigentlich nichts mehr produziert?«, fragte er in die Runde.

Peter und Ruth stießen sich verstohlen an. Wie schnell Justus eifersüchtig werden kann, dachte Peter.

»Verstoß gegen Umweltauflagen«, sagte Chosmo knapp, »vor drei, vier Monaten. Inzwischen wurde umgebaut. Die Produktion läuft nächste Woche wieder an.«

Die Kellnerin brachte Tacos und Omelett. Schweigend begannen sie zu essen.

Mittendrin konnte Justus doch nicht mehr an sich halten und angelte nach dem Erpresserbrief. »Ohne Datum, ohne Unterschrift«, sagte er. Es klang wie ein Tadel und die anderen, die längst durchschaut hatten, was hier ablief, feixten.

Chosmo ging zum Angriff über. »Hast wohl keine Schwester, wie?«

Justus wurde rot. »Gott sei Dank nicht. Warum?«

»So kommst du nicht weiter. Schließ lieber Frieden, ich spreche aus Erfahrung.«

»Ich hab keinen Schimmer, wovon du redest.« Justus setzte sein Pokerface auf und spielte stattdessen einen Trumpf aus. »Aber dieser Brief bringt uns doch tatsächlich weiter.« Er machte eine Kunstpause und freute sich an den gespannten Gesichtern der anderen. »Er ist mit mindestens zwei verschiedenen Schreibmaschinen geschrieben worden.«

Er genoss die allgemeine Verblüffung.

»Davon hat die Polizei aber nichts gesagt«, stotterte Ruth.

»Entweder, weil sie nicht wollte«, sagte Justus triumphierend, »oder, weil sie es selbst noch nicht entdeckt hat. Die Punkte auf dem kleinen i sind ungleich hoch.« Er schob das Papier in die Mitte des Tisches, so dass die anderen vier sich darüber beugen konnten.

»Tatsächlich«, staunte Ruth. »Alle Achtung, du hast ein scharfes Auge.«

Justus lächelte etwas verlegen und räusperte sich. Dann ließ er sich von Ruth erklären, wo es in Sedona einen Schreibmaschinenladen gab.

»Wahrscheinlich ist er sogar noch offen«, sagte Ruth versöhnlich. »Wenn es tagsüber so heiß ist wie heute, spielt sich das Leben hier am Abend ab. Manche Geschäfte schließen dann erst um Mitternacht.«

»Und dann hätte ich noch eine große Bitte«, meinte Justus und sah die beiden Freunde etwas unsicher an.

»Ich höre«, sagte Ruth und stützte beide Ellenbogen auf den Tisch.

»Könnt ihr uns für einen Tag euer Auto borgen?« Das Letzte, worauf Justus Lust verspürte, war, noch einen Tag in praller Sonne auf dem Drahtesel zu verbringen.

»Können wir«, sagte Chosmo, »das steht sowieso meistens rum. Vorausgesetzt natürlich, einer von euch hat einen Führerschein.« Justus strahlte ihn an. Ruth war ja doch ein nettes Mädchen. Leider, dachte er, nicht so unkompliziert wie ihr Bruder.

»Du denkst wirklich an alles«, lobte Peter.

»Auch ans Zahlen«, versetzte Justus wieder gut gelaunt. »Die Getränke gehen auf meine Rechnung.«

In dem noch geöffneten Computer- und Schreibmaschinenladen fertigten sie einige Schriftproben an. Ruth tippte auf fünf verschiedenen Modellen den Satz »Justus ist ein scharfer Beobachter«. Der ärgerte sich darüber, wollte aber nicht schon wieder mit dem Mädchen streiten.

Nach einem »Schlummertrunk«, wie Chosmo es nannte, in einem kleinen Bistro, trennten sie sich. Die beiden Geschwister aus New York führten die drei ??? zu ihrem Wagen, einem gelben Honda, der in einer Seitenstraße geparkt war.

»Kommt ihr morgen wieder vorbei?«, fragte Ruth beim Abschied und sah Justus besonders nett an.

»Gern«, gab der zurück und entschloss sich endgültig Ruth nun doch sympathisch zu finden.

Sie setzten sich ins Auto. Peter übernahm das Steuer. »Was nun?«, fragte er unschlüssig.

»Man müsste wissen, wo Alysia gewohnt hat«, überlegte Bob laut.

»Wissen wir aber nicht«, gab Justus zurück. Er war müde und wollte am liebsten ins Bett. »Wir sollten den Brief mit unseren Schriftproben vergleichen und alles Weitere auf morgen verschieben. Außerdem haben wir noch diese ganze Mappe.« Er klopfte auf die Unterlagen, die Ruth und Chosmo ihnen überlassen hatten.

Auch Bob und Peter waren für die Rückkehr in die Jugendherberge. Sicher chauffierte sie der Zweite Detektiv durch die belebte Stadt. Sie holten noch drei Flaschen Limo aus der Küche, gingen auf ihr Zimmer und breiteten die Briefkopien und alle Schriftproben auf dem oberen Stockbett aus. Das Licht war nicht besonders gut. Bob montierte kurzerhand die gläserne Kugel der Deckenlampe ab.

Im hellen Schein der nackten Glühbirne brauchten sie nicht lange, um die Übereinstimmungen im Schriftbild zu erkennen, die es zwischen einer ihrer Schriftproben und der ersten Hälfte des Erpresserbriefs gab.

»Das haben wir auf diesem seltenen Exemplar aus Frankreich getippt«, erinnerte Justus. Immerhin, hatte der Mann im Laden erzählt, war davon in Sedona im Laufe der Jahre ein gutes Dutzend verkauft worden.

Die höheren i-Punkte des zweiten Briefteils konnten sie jedoch auf keiner der Schriftproben entdecken.

Während Peter und Bob auf dem Boden lümmelten, um in den Unterlagen zu schmökern, machte es sich Justus auf seinem Bett bequem und starrte weiterhin auf den Erpresserbrief.

»Kommt mir französisch vor«, sagte er nach einiger Zeit.

»Spanisch«, warf Bob ein, »du meinst wohl spanisch.«

»Sehr witzig.« Justus setzte sich auf und sah von oben auf die beiden Freunde herab. Er ließ sich nicht beirren. ». . . nicht erfüllt werden, fällt das fête de la musique aus«, murmelte er. Mit einem Satz sprang er auf. »Natürlich«, rief er, »das ist es! Überall, in der ganzen Stadt, hängen die Plakate für das Konzert. In allen möglichen Sprachen steht in Kinderschrift das Wort ›Musikfest‹ darauf zu lesen. Sogar in Japanisch, Chinesisch und in wer weiß was.«

Bob wollte ihn fragen, woher er das wisse und ob er neuerdings auch dieser asiatischen Sprachen mächtig sei, hielt sich dann aber zurück.

»Die französische Form auf den Plakaten ist falsch«, sagte Justus mit großer Bestimmtheit. »Das ist mir schon gestern Abend aufgefallen. Bei ›fête‹ fehlt das Dach über dem ersten ›e‹. Nur unser Erpresser, der schreibt es richtig.«

Jetzt hatte sich auch Bob erhoben. Seit zwei Jahren lernten sie in der Highschool Französisch. Allerdings mit durchaus wechselndem Erfolg.

»Also ist der Erpresser Franzose«, resümierte Peter, »oder er hat im Unterricht besser aufgepasst als ich.«

»Und ich«, ergänzte Bob. »Mir wäre das im Leben nicht aufgefallen.«

»Na, da werde ich wohl gleich nach den Ferien Monsieur Franklin einige diskrete Hinweise auf das äußerst dürftige Leistungsvermögen der Schüler Peter Shaw und Bob Andrews geben müssen«, zog Justus die Freunde auf.

Sie schwiegen eine Weile. Bob und Peter vertieften sich wieder in Alysias Serie und die Berichte über Walton. Einige waren bebildert.

»Bisher kennen wir nur einen einzigen Franzosen«, nahm Peter den Faden wieder auf, »Mister Jaubert.«

»Aber das kann doch nun wirklich nicht der Erpresser sein«, warf Bob ein. Justus gab ihm Recht.

»Ihr habt Hank vergessen, der hatte doch auch einen Akzent«, schaltete sich Peter ein. »Und außerdem, diese ganze Familie Hancock hat etwas Französisches, jedenfalls was die Vornamen betrifft.«

»Das ist wahr«, sagte Justus langsam. Unauffällig massierte er sich die hartnäckig schmerzende Schulter und wunderte sich, dass ihn die beiden noch nicht wieder dazu gelöchert hatten.

»Hier«, staunte Peter, »das müsst ihr lesen. Alysia hatte eine Reportage über den Wasserverbrauch in Arizona geschrieben.«

»Hört, hört«, meinte Justus spitz, »im Flugzeug habt ihr euch noch über mich lustig gemacht.«

Peter überging den Einwurf. »Sehr spannend ist

das. Über 100 Pumpen transportieren seit 1991 Wasser über 500 Kilometer weit aus dem Colorado nach Phoenix.« Er schüttelte ungläubig den Kopf. »Ihr glaubt nicht, was dieses Bauwerk gekostet hat.«

Jetzt beugte sich auch Bob über den Artikel. »Die Welt ist verrückt«, sagte er so inbrünstig, dass Justus über die Freunde schmunzeln musste. »Vier Milliarden Dollar! In Worten: vier Milliarden! Das meiste Wasser verbrauchen die Golfplätze. Dann kommen die Swimmingpools, weil dort das mühsam herangepumpte Wasser auch noch ziemlich schnell verdampft. Dadurch wiederum steigt die Luftfeuchtigkeit.«

»Muss eine gute Journalistin gewesen sein«, schaltete sich Justus ein. »Was die so alles zusammengetragen hat.«

»Hoffentlich erfahren wir morgen mehr über sie.« Bob war aufgestanden, um die Deckenlampe wieder zu montieren.

»Wisst ihr was?« Justus streckte alle viere von sich. »Ich geh ins Bett. Oder habt ihr noch was Spannendes gefunden?«

»Jede Menge«, sagte Peter, »aber das läuft dir ja nicht davon.«

Sie stiegen noch für eine Blitzwäsche unter die Dusche und kaum zehn Minuten später lagen alle drei im Bett.

»Übrigens, Justus«, meinte Bob, nachdem sie das Licht abgedreht hatten, »wolltest du uns nicht etwas sagen?«

»Klar«, gab der Erste Detektiv zurück und drehte sich laut gähnend auf die linke Seite. »Aber morgen ist auch noch ein Tag.«

Eine Hopi-Indianerin bricht ihr Schweigen

Im Frühstücksraum waren sie die Ersten. Mister Che begrüßte sie lachend. »Sedonas Nachtleben ist wohl nichts für euch, wie?«, sagte er und holte eine große Kanne Tee.

»Wir haben eben viel vor«, gab Justus zurück. Er hatte viel besser geschlafen als in der Nacht zuvor und war ausgesprochen unternehmungslustig.

»Mrs Baxter hat gestern Abend noch angerufen. Aber bei euch war schon alles ruhig.«

»Und?«, fragte Bob in der Hoffnung, dass sie an die Karten für das abendliche Konzert gedacht hatte.

»Ich soll euch ausrichten, sie braucht euch nicht.« Che stellte zwei Marmeladegläser auf den Tisch.

»Sonst nichts?«

»O doch. Wer ins Konzert will, soll um zwei Uhr im Motel sein.«

»Yippie!«, rief Bob und türmte zwei große Löffel Marmelade auf sein Brot.

Mister Che sah die Jungs lachend an. »Wenn ihr noch was braucht«, sagte er, »ich bin draußen in meinem Büro.«

»Wenn ich dich richtig verstehe«, meinte Justus zu Bob, »ist die Nonstop-Show ein absoluter Fixpunkt für dich.«

Bob nickte. »Was dagegen?«

»Natürlich nicht.« Justus betonte es so, dass Bob das genaue Gegenteil heraushörte.

Peter ging Mister Che nach, um zu fragen, ob es Neuigkeiten im Erpressungsfall gab. Wenige Augenblicke später kam er enttäuscht zurück.

Sie waren noch immer allein im Frühstücksraum. Eine gute Gelegenheit zur Zwischenbilanz. Justus fasste zusammen. Sie wussten, dass die Firma Walton, nach Ansicht der Stadtverwaltung, etwas zu tun hatte mit der Erpressung. Sie wussten auch, was sie produzierte, und dass sie zur Zeit stillgelegt war. Und sie wussten, dass Alysia Hancock vor ihrem Verschwinden einer üblen Geschichte auf der Spur gewesen sein musste.

»Unsere erste Station ist René, die zweite Marcel«, schloss Justus. Die beiden anderen nickten. »Und dann müssen wir wohl auch noch mal zu Potter's Playground.«

Bob wollte nicht glauben, dass das Musik- und Videounternehmen in diesen Erpressungsfall verwickelt sein sollte. Aber Justus erinnerte ihn daran, dass es Andeutungen in Alysias Serie gegeben hatte, die einen Verdacht durchaus rechtfertigten. Missmutig schwieg Bob.

»Hast du die Erdprobe noch?«, fragte Peter, um die beiden von diesem Thema abzulenken. »Ruth und Chosmo müssten doch wissen, wo man so was untersuchen lassen kann.«

Justus holte das zusammengebundene Taschentuch

hervor, ließ es über der Marmelade pendeln und steckte es wieder ein. Dann nahm er sein drittes Brot in Angriff.

»Guten Morgen«, dröhnte es hinter ihnen. Der schwarze Junge mit der Nickelbrille, den sie gestern im Waschraum kennen gelernt hatten, stand in der Tür. Die drei ??? grüßten zurück und beendeten das Frühstück wortlos.

»Wir haben's eilig«, sagte Bob entschuldigend, als der Neuankömmling ein Gespräch mit ihnen beginnen wollte, »wir sind nämlich vom Film.«

Dem Jungen war anzusehen, dass er kein Wort glaubte, aber die Lust auf eine Unterhaltung mit den drei Angebern war ihm auch vergangen.

»Der hat jetzt ein völlig falsches Bild von uns«, meinte Justus im Hinausgehen.

»So wie du von Ruth«, zog Bob ihn auf. »Was sich liebt, das neckt sich, sagt meine Mutter immer, wenn ich Ärger mit Elizabeth habe.«

»So ein Quatsch.« Justus errötete und drohte mit der Faust. Das Mädchen aus New York ging ihm tatsächlich nicht aus dem Sinn. Er dachte an Lys in Rocky Beach. Die bewunderte er, weil sie so hinreißend aussah und schon eine bekannte Schauspielerin war, bevor sie wieder zurück aufs College ging. Und Lys bewunderte ihn, weil er so viel im Kopf hatte, wie sie immer sagte. Ruth war anders, irgendwie kämpferisch und herausfordernd. Das kannte er sonst nur von Jungs.

Sie stiegen in den Honda. Über der Stadt lag ein

seltsamer Dunst. »Alysia schreibt, das kommt vom vielen Bewässern«, knüpfte Bob an die Unterhaltung des vergangenen Abends an. »Es gibt zu viele Golfplätze und Swimmingpools.«

»Und bewässerte Baumwollfelder«, ergänzte Justus.

Bob hatte sowohl die Karte des Wasserleitungssystems als auch den Stadtplan eingesteckt und dirigierte Peter ohne Umwege in die M-Street. Sie parkten den Wagen gut zweihundert Meter vor dem Haus, um nicht aufzufallen. Auf der Straße war niemand zu sehen.

Als sie die drei Stufen zum Hauseingang hinaufstiegen, schlug es vom Glockenturm sieben Uhr. An vielen Fenstern waren noch die Jalousien heruntergezogen, nicht so im Erdgeschoss auf der linken Seite.

Justus drückte die Klingel. Sie warteten gespannt. Nichts rührte sich. Er läutete noch einmal. Wieder nichts.

Peter beobachtete die Straße. Dann legte er seinen Zeigefinger auf die Lippen und deutete zum Balkon. Der war nur gut eineinhalb Meter über der Straße.

»Ich will nur mal 'nen Blick hineinwerfen«, sagte Peter leise. »Ihr passt auf, dass niemand kommt.«

Sie gingen die wenigen Schritte zurück zum Gehweg. Peter schwang sich mit einem eleganten Klimmzug über die Brüstung.

Sofort heulte eine Sirene auf.

»Verdammter Mist!«, rief Bob. Peter flankte formvollendet über die Balkonbrüstung und im Trab machten sich die drei ??? davon.

»Langsamer«, zischte Justus, »nicht zu auffällig.«

Bald hatten sie den gelben Honda erreicht. Verstohlen sahen sie sich um. Noch immer war niemand auf der Straße, trotz des anhaltenden Sirenengeheuls.

»Wir gehen einfach weiter«, kommandierte Justus. »René ist entweder nicht da oder er will nicht aufmachen. Auf jeden Fall muss einer von uns das Haus im Auge behalten.« Bob und Peter nickten.

Nach etwa 500 Metern machten sie an einer alten Parkbank unter einigen Platanen Halt, um den Gang der Dinge aus sicherer Entfernung zu beobachten. Einige Rolläden waren mittlerweile hochgegangen, aber niemand kümmerte sich um die drei Jungs.

Justus wollte von Peter wissen, ob er überhaupt etwas gesehen hatte in der Wohnung.

»Fast nichts. Es war ziemlich dunkel in der Wohnung. Bis auf diese –« Er stockte.

»Bis auf was?«

»Am Kleiderständer hing ein merkwürdiges Ding. Sah aus wie, na ja – wie eine Maske.«

»Eine was?« Justus sah ihn erstaunt an.

»Eine Maske«, antwortete Peter und kratzte sich am Kopf. »Könnte aus ›Cats‹ stammen. Aber das Ding glänzte so komisch.«

»Cats?« Bob begriff nicht gleich.

Peter erinnerte ihn an das Musical, das sie vor zwei Jahren zusammen mit Kelly und Elizabeth gesehen hatten, in dem die Tänzer mit Streifen und Linien so geschminkt waren wie Katzen.

»Mit Streifen und Linien«, wiederholte Justus leise.

Er zupfte an der Lippe, dann klatschte er in die Hände. »Das war keine Maske«, sagte er bestimmt. »Das war der rote Helm des Motorradfahrers von gestern Abend. Ich hab ihn ganz genau gesehen.«

In der Ferne erstarb endlich die Sirene.

»Wir gehen zu Marcel«, kommandierte Justus und tippte Bob auf die Brust. »Du, Peter, kümmerst dich um René.«

»Und das Auto?«

»Das behältst du, damit du ihm auf den Fersen bleiben kannst, wenn er das Haus verlässt. Wenn nicht, treffen wir uns in einer Stunde hier an der Bank.« Justus gab Peter einen aufmunternden Klaps. »Same time, same station, okay?«

Erst als sie ihre Uhren verglichen, merkte er, dass er Ruth imitiert hatte. Er schüttelte unwillig den Kopf und hoffte, dass die beiden es nicht mitbekommen hatten. Aber er vermied es, sie anzusehen.

Justus und Bob sahen Peter nach, wie er die M-Street nach Norden hinaufging, dann bogen sie in eine Seitengasse Richtung K-Street ein. Einige Schulkinder liefen ihnen über den Weg, zwei Frauen machten sich auf zum Einkauf.

Justus musste unentwegt an den Motorradhelm denken. Dieser Fall war wie ein Puzzle. Er hatte das Gefühl, dass sie schon bald einige entscheidende Steine finden würden.

»Vielleicht haben wir uns übernommen. Jedenfalls mit der Idee, den Fall im Handumdrehen zu lösen«, erriet Bob seine Gedanken, als sie auf das Einfamilienhaus zugingen. »Wir blamieren uns bei Jean, wenn wir mit leeren Händen aufkreuzen.«

In Justus' Schulter meldete sich wieder dieses schmerzhafte Pochen. Aber es kam ihm schwächer vor als am Vortag. Er beschloss nicht weiter darauf zu achten. »Ich finde, für nicht einmal einen Tag Arbeit haben wir ganz schön viel herausgefunden«, widersprach er. »Was fehlt, ist eine Formel, nach der sich die Einzelheiten zusammensetzen lassen.«

Bob schaute Justus schräg an. Formeln waren die neue Leidenschaft des Ersten Detektivs. Im Chemieunterricht war er zuletzt kaum noch zu bremsen, von Mathe und Physik ganz zu schweigen. Bob hatte damit so seine Schwierigkeiten und wollte an diesem sonnigen Ferientag nicht unbedingt daran erinnert werden.

Sie standen vor dem Haus, in dem Marcel wohnte. »Schaut noch ziemlich verschlafen aus.«

Justus nickte und klingelte. Fast im nächsten Augenblick drehte sich ein Schlüssel im Schloss. Die Tür wurde geöffnet. Sie sahen in das Gesicht des mexikanischen Mädchens.

Blitzschnell stellte Justus seinen Fuß in den Spalt. Er kam sich dabei eigentlich blöd und aufdringlich vor. Das Mädchen riss auch sofort ängstlich die Augen auf. Aber Justus wollte sich nicht ein zweites Mal abschütteln lassen.

»Wir suchen noch immer Mister Marcel Hancock«, sagte er ruhig.

»Der ist nicht da.« Das Mädchen drückte die Tür

gegen seinen Fuss. Es hatte fast schwarze Augen und eine auffallende Hautfarbe, die sich kaum von ihrem zimtbraunen T-Shirt unterschied.

»Vielleicht bei René«, mischte sich Bob ein.

Sie schüttelte mit traurigem Blick den Kopf.

»Oder bei Alysia?«

»Alysia?« Sie zuckte heftig zusammen.

»Wie heisst du?«, fragte Bob, um das Gespräch nicht abreissen zu lassen.

»Sinagua«, antwortete sie in einem singenden Tonfall, der dem Namen einen besonderen Klang gab.

»Wir sind Bob und Justus. Wir müssen Marcel sprechen. Es ist wichtig. Auch für ihn.«

Das Mädchen dachte angestrengt nach. »Also gut.« Mit einem Ruck öffnete sie die Haustür. »Aber Marcel ist nicht da.« Sie sah die Jungs flehend an. »Wirklich nicht!«

Im Flur war es dunkel, weil mit einer Ausnahme alle Zimmertüren geschlossen waren.

»Kommt mit in die Küche.« Sinagua ging voraus. In einem grossen Raum öffnete sie die Fensterläden. Justus und Bob sahen sich um. Die Küche war mit zusammengetragenen, aber liebevoll restaurierten Stücken eingerichtet. Ein grosser alter Herd stand neben dem Fenster und ein lang gestreckter Holztisch in der Mitte.

»Schön habt ihr's hier.« Bob war diese gemütliche Küche auf Anhieb sympathisch und nahm ihn für die Menschen ein, die hier wohnten.

Das Mädchen lächelte zum ersten Mal. Es hatte die

schwarzen Haare zu einem dicken Zopf geflochten, der weit in den Rücken hing.

»Setzt euch, ich mach Kaffee.« Ohne die Jungs aus den Augen zu lassen begann sie am Herd zu hantieren.

»Wir kommen aus der Nähe von Los Angeles«, begann Justus.

»Das habt ihr gestern schon gesagt«, unterbrach ihn das Mädchen mit einer Ungeduld, die nicht zu ihrem bisherigen Auftreten passte. »Was wisst ihr von Alysia?«

»Wenig«, gab Bob zu.

Justus hielt es für besser, etwas mehr aufzutrumpfen. »Wir sind dem Erpresser auf der Spur«, sagte er.

Sie riss die Augen auf. »Tatsächlich?«

Der Erste Detektiv nickte.

»Aber Marcel ist wirklich nicht hier«, wiederholte sie. Zögernd kam das Mädchen auf sie zu. Sie hatte feuchte Augen. Sie straffte sich, nahm einen Stuhl und setzte sich rücklings darauf. »Ihr seid nicht von der Polizei?«

»Nein«, antworteten Bob und Justus fast gleichzeitig.

»Ich brauche eure Hilfe.« Plötzlich ließ sie ihren Kopf auf die Stuhllehne fallen und begann zu weinen.

Als Sinagua schließlich erzählte, überlegte Justus, ob sie Vertrauen zu ihnen gefasst hatte oder einfach einem inneren Druck nicht mehr standhalten konnte. Jedenfalls kam sie nicht aus Mexiko. Sie war Indianerin, ihr Name bedeutete »Ohne Wasser«, weil sie im

Reservat der Hopi-Indianer nördlich von Flagstaff aufgewachsen war, in einem Ort ohne jeden Brunnen und ohne Bewässerung. Vor zwei Jahren war sie nach Sedona gekommen, hatte in einem der Kunstgewerbeläden der Stadt gearbeitet und Alysia kennen gelernt, die an einer Reportage über Billigjobs für Indianer arbeitete. Bald darauf lernte sie auch die beiden Hancock-Brüder kennen. Marcel und sie verliebten sich und eigentlich hatten sie in diesem Herbst heiraten wollen, die Hochzeit aber wegen Alysias Verschwinden aufgeschoben.

Die junge Indianerin stand auf und schenkte Kaffee ein.

Justus hatte das deutliche Gefühl, dass sie das Wichtigste noch für sich behielt. Aber er unterbrach sie nicht.

Marcel studierte in Phoenix und führte nebenbei Touristengruppen durch den Oak Creek, in die San-Francisco-Berge, manchmal auch ins Hopi-Reservat oder den Colorado hinauf bis zum Grand Canyon. Schon vor drei Tagen sollte er wieder zurück sein.

»Er meldet sich sonst immer, wenn er länger bleibt«, sagte das Mädchen traurig. Sie sah die Jungs Hilfe suchend an. »Ihr sucht doch den Erpresser.« Sie stockte. »Ich glaube«, flüsterte Sinagua, »es ist Marcel.«

Auf der richtigen Spur

Bob verzog ungläubig sein Gesicht. »Nicht jeder junge Mann, der drei Tage nichts von sich hören lässt . . .«

Justus legte ihm die Hand auf den Unterarm und schenkte ihm einen seiner typischen »Halt-den-Mund«-Blicke. »Hast du irgendeinen Anhaltspunkt für deinen Verdacht?«, fragte er behutsam. Das Mädchen tat ihm Leid, unabhängig davon, ob Marcel nun der Erpresser war oder womöglich einen Unfall im Grand Canyon gehabt hatte.

Sinagua zog verlegen das T-Shirt glatt. Stumm und mit großen Augen sah sie ihre Gäste an.

»Besitzt Marcel eine Schreibmaschine?«, fragte Bob unvermittelt.

Sie schüttelte den Kopf.

»Kennst du einen roten Lorry?« Bob ließ nicht locker, aber er hatte keinen Erfolg.

Das Mädchen begann wieder zu weinen.

Justus fühlte sich unwohl in seiner Haut. Dann schon besser die aufmüpfige Ruth als so ein scheues Reh wie Sinagua. »Aber du musst doch einen Grund haben für deinen Verdacht«, wagte er einen neuen Versuch.

»Seit Alysia weg ist, setzen ihre Brüder alle Hebel

in Bewegung, um sie zu rehabilitieren«, sagte Sinagua und fingerte nach einem Taschentuch. »Sie wollen unbedingt beweisen, dass die ›Tribune‹ sie zu Unrecht gefeuert hat. Aber kein Mensch glaubt ihnen.«

»Glaubst du ihnen?«

Sinagua sah sie mit großen Augen an. »Darüber habe ich noch nicht nachgedacht.«

»Wieso hat sie ihren Job überhaupt verloren?«, versuchte es Bob mit einem anderen Thema.

»Sie war einer ganz großen Gemeinheit auf der Spur. Irgendwas mit Wasserrechten. Marcel und René wissen genauer Bescheid.«

»Wo ist René?«

»Drüben, glaube ich.« Sie deutete zum Telefon. »Soll ich anrufen?«

Justus nickte. Die Indianerin erhob sich wortlos, wählte eine Nummer und wartete. Nichts geschah.

»Seit gestern knackt es immer so in der Leitung«, sagte das Mädchen geistesabwesend und legte wieder auf.

»René ist der Motorradfahrer von gestern Abend«, nahm Bob den Faden wieder auf.

Zuerst reagierte Sinagua gar nicht, dann nickte sie zögernd.

»Schade, dass du ihn gewarnt hast. Sonst wären wir schon weiter.« Justus sah auf die Uhr. Bis zum Treffen mit Peter blieben nur noch zehn Minuten. Sie schärften dem Mädchen ein niemandem von ihrem Verdacht zu erzählen. Vor allem sollte sie keine Reporter hereinlassen, falls die Presse im Zuge ihrer Recherchen zum Erpressungsfall auf den Namen Hancock stoßen sollte. Und wenn sich Marcel blicken ließ, sollte Sinagua ihn unbedingt zum Bleiben überreden.

Ein Wasserwagen, der den staubigen Asphalt besprengte, fuhr so dicht an Peter vorüber, dass seine Beine ein paar erfrischende Spritzer abbekamen. Die Straße wurde langsam etwas belebter. An René Hancocks Haus klingelte Peter noch einmal, ohne große Hoffnung. Es rührte sich niemand.

Der Zweite Detektiv beschloss sich die Umgebung etwas genauer anzusehen. Natürlich ohne die Haustür aus den Augen zu verlieren. Fast zur gleichen Zeit wie Bob zwei Straßen weiter dachte auch er an den roten Lorry, den sie im Walton-Gelände gesehen hatten. »Das würde doch passen, wenn der hier parkte«, murmelte Peter. Aber weit und breit war nichts dergleichen zu sehen, kein Lorry und auch keine Harley Davidson.

Peter überquerte die M-Street und ging auf der anderen Straßenseite unter einigen alten Ahornbäumen wieder zurück, bis auf Höhe der Eingangstür. Er hätte zu gerne gewusst, ob die Alarmanlage abgeschaltet war. Dann wäre er gleich noch einmal über die Brüstung geturnt. Aber so war ihm die Sache zu riskant.

Er starrte auf die Haustür. Sie öffnete sich und heraus kam die freundliche Nachbarin. Offenbar war sie Frühaufsteherin. Er wollte ihr nicht unbedingt über den Weg laufen und drückte sich an einen der Baumstämme.

Vielleicht stand René hinter einer Gardine und beobachtete ihn. Und vielleicht hielt er ihn für einen Polizisten. Peter sah an sich herunter. Verbeulte Jeans, rotblaues T-Shirt, rote Leinenschuhe. Wenn, dann höchstens für einen verkleideten Polizisten.

Ein Insekt summte um seinen Kopf. Peter malte mit einer heftigen Bewegung einen Kreis in die Luft. Das Geräusch wurde nicht leiser. Er schlug noch einmal unkontrolliert um sich. Aber das auf- und abschwellende Zischen hörte nicht auf.

Peter machte einige Schritte weg vom Baum. Dann drehte er sich um. Ein junger Mann stand direkt hinter ihm in einer Hauseinfahrt und starrte ihn an. Es zischte noch immer. *Er* zischte noch immer.

Peter riss ungläubig die Augen auf. Der andere winkte ihm kaum merklich. Zögernd ging der Zweite Detektiv auf ihn zu. »Ihr seid auf der richtigen Spur«, sagte der Mann. Er hatte eine auffallend dunkle Stimme.

»Wer sind Sie?«

Der andere schien die Frage nicht zu hören. »Um zehn am Mollogan Rim, Höhe Kilometer 33.« Er drückte sich in die Hauseinfahrt, dann hörte Peter nur noch Schritte, die sich rasch entfernten. Der Zweite Detektiv folgte ihm. Es war dunkel in dem Durchgang. Seine Augen brauchten einen Moment, sich daran zu gewöhnen. Als er mehr sah, entschloss er sich zu einem Sprint. Aber er kam kaum fünf Meter weit, dann schlug er der Länge nach auf den harten Boden. Im letzten Augenblick konnte er sich mit den Händen abfangen. Er rappelte sich auf. Von den Schritten war nichts mehr zu hören. Dafür sah er in dem dämmrigen Licht eine Schnur, zwanzig Zentimeter straff über dem Boden gespannt. Peter fluchte und besah seine aufgerissenen Handflächen. Sie taten verdammt weh.

»Unfair war das«, murmelte er. »Das zahl ich dir heim.« Unschlüssig sah er sich um. Jeweils zwei Treppenhäuser gingen links und rechts nach oben. Es hatte wohl wenig Sinn, nach dem Mann zu suchen.

Er trat durch das Tor hinaus auf die M-Street. Eine Menge Fragen schwirrten ihm im Kopf herum. Wer war das? René? Was führte er im Schilde? Und wo um alles in der Welt war der Mongolen Rim?

Der Zweite Detektiv sah sich um. Die Straße war noch immer relativ leer. Er verzichtete darauf, noch einmal bei Hancock zu läuten. Stattdessen schlug er den Weg zum Treffpunkt ein. Er spürte das dringende Bedürfnis, Bob und Justus von seiner Begegnung mit dem Mann zu erzählen, der offenbar ziemlich viel wusste und ihnen bescheinigte, auf der richtigen Spur zu sein.

Verabredung mit einem Erpresser

»Du musst doch gesehen haben, was er anhatte.« Bob stand kopfschüttelnd vor Peter. Sie hatten ihre Erlebnisse ausgetauscht, aber Peter konnte den Wissensdurst der beiden anderen nicht stillen.

»Was weiß ich, hab ich doch schon gesagt. Es ging alles so schnell.« Er runzelte die Stirn. »Schwarze Jeans, glaub ich. Oder eine Motorradlederhose?«

»Und wie sah er aus?«, wollte Justus wissen.

»Nett«, antwortete Peter spontan, »irgendwie nett.«

»Etwas genauer«, unterbrach ihn Bob ungeduldig, »war es jetzt René oder nicht? Und warum war die Schnur gespannt? Nur um dich abzuschütteln?«

Peter ließ seine Hand ärgerlich auf das Dach des gelben Hondas klatschen. »Wie soll ich das wissen? Bin ich ein Hellseher? Wir müssen zum Mongolen Rim, dann werden wir's erfahren?«

»Hört auf«, versuchte Justus zu schlichten. Er hatte einen Entschluss gefasst. »Ich geb ein zweites Frühstück aus«, sagte er und schlug vor in eines der kleinen Bistros an der Hauptstraße zu fahren. Dort würde er den beiden endlich die Kakteengeschichte und seinen Knockout am Walton-Gelände erklären, bevor sie sich zum Treffpunkt mit Mister Unbekannt aufmachten.

Sie fanden ein offenes Bistro, in dem es auch Zeitungen gab. Neue Informationen enthielten sie nicht. Justus bestellte Marmorkuchen und Kakao für alle und fing bei seinem Fahrradunfall an.

»Gestern, da draußen, bin ich wahrscheinlich in dieser brütenden Hitze einfach für einen Moment weggetreten, auch wegen dieser ständigen Schmerzen«, schloss er. »Ich war richtig angeschlagen. Das solltet ihr wissen, bevor wir jetzt da rausfahren. Könnte ja sein, dass das Ganze nicht ungefährlich ist. Ich denke, ich bin jetzt wieder o. k. Aber wer weiß? Bei der Hitze?«

Sie schwiegen eine Weile. Justus schaute fragend in die Runde.

»Dieses kleine Missgeschick hättest du aber auch gleich beichten können«, meinte Bob nach einem Schluck Kakao vorwurfsvoll.

»Dann hätte ihn Tante Mathilda aber nie weggelassen«, kam Peter dem Freund zu Hilfe.

»Auch wieder wahr.« Bob leerte die Kakaotasse in einem Zug. »Und was lernen wir daraus?«, imitierte er seinen Vater.

Justus zuckte die Schultern. »Das müsst ihr wissen. Ich fühl mich heute wirklich besser. Aber, na ja«, er beäugte seine Schulter, »es zwickt noch immer.«

»Lass mal sehen.« Peter stand auf und beugte sich über ihn. Bereitwillig zog Justus den Halsausschnitt seines T-Shirts nach unten. »Schaut aus wie Masern«, urteilte der Zweite Detektiv fachmännisch. »Geh doch einfach in eine Apotheke.«

»Aber erst, wenn wir vom Mongolen Rim zurück sind«, entschied Justus erleichtert und schaute auf die Uhr. Er war froh, dass er die ganze Geschichte endlich erzählt hatte. »Wir müssen los. Weiß der Himmel, wie weit das ist.« Er stand auf, ging zu dem Mädchen an der Kasse, um zu zahlen, und fragte nach dem Mongolen Rim.

Lachend kam er zurück. »Ich bin vielleicht angeschlagen, aber nicht geistig, so wie du«, neckte er Peter. »Deinen Mongolen Rim, den gibt's vielleicht in der Mongolei. Das Ding in Arizona heißt Mollogan.«

Der Zweite Detektiv wurde puterrot.

»Mach dir nichts draus«, feixte Bob, »jetzt, wo sich herausgestellt hat, dass nicht einmal Mister Jonas unfehlbar ist«, er stieß Justus freundschaftlich in die Seite, »können auch wir uns den einen oder anderen Schnitzer leisten.«

Je näher sie den roten Felsen kamen, desto atemberaubender wurde die Landschaft. Sie fuhren Richtung Cottonwood, vorbei an der Chapel of the Holy Cross, einem Betonkreuz, das aus dem Felsen wuchs und mit einer kleinen Kirche umbaut worden war. Die Gegend war karg, keine Ahornbäume, nur noch Kakteen standen am Straßenrand und eine Unmenge vertrockneter Palmen.

Nach einigen Kilometern teilte sich die Straße. Ein abgeblättertes Schild zeigte ihnen die Richtung an. Es war wieder brütend heiß, aber der Fahrtwind, der durch die offenen Fenster kam, tat dem schweigenden Trio gut.

»Da!« Justus deutete plötzlich auf einen verwitterten Kilometerstein. Sie hielten und stiegen aus.

»Hier steht dreißig!« Bob hatte zwei kaum sichtbare Zahlen entdeckt. Sie sahen sich um. Weit und breit keine Menschenseele. Dafür wieder Vogelgezwitscher.

Sie gingen zurück zum Wagen und fuhren im Schritttempo weiter. Der Weg wurde gesäumt von kleinen roten Felsen und fast grauen Büschen.

Nach drei Kilometern stoppte Peter. Er sah auf die Uhr. »Zehn vor zehn.«

»Nervös?«, fragte Justus ohne eine Antwort zu erwarten.

»Wenn er so nett ist, wie er aussieht, ist er pünktlich.« Peter spürte dieses gewisse Kribbeln im Magen, das er nur allzu gut kannte. Bob sprang ungeduldig von einem Bein aufs andere.

Die Umgebung war atemberaubend. Sie standen direkt am Fuß der roten Felsen.

»Das hier, das sieht jetzt wirklich aus wie eine Filmkulisse«, lenkte Bob sich ab. »Nicht zu fassen, was Mutter Natur alles einfällt.«

Sie hörten Schritte hinter einer kleinen Gruppe von Büschen.

»Und jetzt kommt John Wayne«, versuchte es Peter mit einem Scherz, während sie gespannt auf die Sträucher starrten.

Als Erstes war eine Hand zu sehen, die Zweige zur Seite drückte, dann ein Mann.

»Das ist er!«, entfuhr es Peter.

Der Mann nickte. »Ich bin René Hancock. Der, den ihr sucht.« Er ging auf die verdutzten Jungs zu und streckte ihnen die Hand entgegen.

Justus reagierte als Erster. »Ich bin Justus Jonas«, antwortete er. »Das sind meine Freunde Peter Shaw und Bob Andrews.«

»Aha.« René Hancock hatte einen angenehmen Tonfall und sprach so beiläufig, als ob sie sich zufällig im Hafencafé von Ventura getroffen hätten. »Peter kenne ich ja schon. Tut mir Leid, das mit der Schnur. Aber eine Verfolgungsjagd konnte ich heute Morgen nicht brauchen.«

Der Mann war groß, schlank, etwa dreißig und dunkelhaarig. Er trug tatsächlich eine schwarze Lederhose und sah sympathisch aus.

»Kommt mit, ich zeige euch was«, sagte er und machte die einladende Handbewegung, die den Zweiten Detektiv an seine erste Begegnung mit Hancock erinnerte. »Nicht so hastig!«, rief er. »Wohin und warum und wieso sind Sie der, den wir suchen?«

Auch Justus und Bob wollten dem Fremden nicht so ohne weiteres folgen. Wie verabredet traten sie drei Schritte zur Seite. Der eine nach links, der andere nach rechts. René kam in einem Dreieck zwischen Peter, Bob und Justus zu stehen. Er schmunzelte. »Ich werde euch weder davonlaufen noch reinlegen«, versprach er. »Ich habe ganz andere Pläne.«

»Genau darüber wüssten wir gern Näheres«, sagte Justus etwas steif. Ihm kam Mister Hancock, sympathisch oder nicht, ziemlich undurchsichtig vor. Er brauchte jetzt nur eine Pistole zu ziehen und dann wäre er der Chef im Ring, gut fünfzehn Kilometer vom Stadtrand entfernt, auf einer gottverlassenen Straße in der Steppe. Allerdings konnte Justus keine Ausbuchtung an Hose und T-Shirt entdecken. Der Mann hatte auch nichts in den Händen und stand ihnen ziemlich locker gegenüber.

»Was wollen Sie uns zeigen?«, fragte Bob streng.

»Mein Büro«, blieb Hancock gleichmäßig freundlich. »Gleich dahinten in einer Höhle.« Er deutete zu den roten Felsen.

Der nimmt uns auf den Arm, dachte Justus. Er schüttelte unwirsch den Kopf. Solche unübersichtlichen Situationen konnte er nicht ausstehen. Von Hancock verlangte er, er müsse erst ein paar Fragen beantworten.

»Muss ich eigentlich nicht. Tue ich aber, wenn ihr wollt.«

»Warum haben Sie uns hierher bestellt?«

»Ich beobachte euch seit gestern. Wie wär's, wenn wir uns setzen?«

Die Frage kam gerade im richtigen Moment. Bob empfand die ganze Szene als künstlich und überzogen. Justus ging es ebenso. Er nickte. In derselben Anordnung, René in der Mitte, die drei ??? um ihn herum, hockten sie sich auf den harten, ausgetrockneten Boden.

»Ihr wart bei Walton«, fuhr Hancock in aller Ruhe fort. »Ich auch.«

»Ach«, sagte Bob. »Also doch.«

»Ich habe nach Unterlagen gesucht. Aber dieser Gauner hat alles mitgenommen.«

Justus verlor die Geduld. »Mir geht das alles viel zu bunt durcheinander. Mister Hancock, fangen Sie doch am besten von vorne an.«

René sah schweigend in die Runde. »Okay.«

Seine Geschichte war schnell erzählt: Im Zuge ihrer Recherchen zu der Serie »Die Stadt, in der wir leben« war seine Schwester Alysia auf einen illegalen Handel mit Wasserrechten gestoßen. Außerdem hatte Walton seine Produktion im Wasserschutzgebiet anlaufen lassen, obwohl er dort nur eine Genehmigung für den Probebetrieb besaß. Alysia wusste, dass ihr Chefredakteur und Walton gute Freunde waren, und deshalb wollte sie die Story eines Abends an allen vorbei ins Blatt schmuggeln. Erfolglos, denn jemand in der Setzerei alarmierte den Chefredakteur. Der warf zuerst den Artikel hinaus, noch bevor sich die Rotationsmaschinen in Bewegung gesetzt hatten, und am nächsten Morgen Alysia.

»Sie war verzweifelt«, erzählte René. Seine Stimme wurde etwas leiser. »Zwei Monate vorher sind unsere Eltern bei einem Autounfall ums Leben gekommen. Sie hatten Alysia gebeten sie vom Flughafen in Phoenix abzuholen. Die steckte aber mitten in ihren Recherchen und hatte Termine, die sie nicht absagen wollte. Der Leihwagen, den unsere Eltern schließlich nahmen, hatte kaputte Bremsen. Hinter Rock Springs raste er gegen einen Baum.«

»Wo ist Alysia jetzt?«, fragte Justus nach längerem Schweigen. »An der Ostküste?«

René schüttelte den Kopf. »Sie hat ihre Ersparnisse zusammengekratzt und ist zu den Hopi-Indianern.«

»Was genau wollten Sie bei Walton?«

»Meiner Schwester helfen«, antwortete René langsam. »Diese Sache muss zu Ende gebracht werden.« Er sah zu Boden. »Ich habe Jura studiert. Rechtlich gibt's so gut wie keine Chance, denen das Handwerk zu legen.«

Hancock hatte gehofft in der Firma auf Unterlagen zu stoßen, die Alysias Verdacht erhärteten. »Fehlanzeige«, sagte er enttäuscht, »aber euch hab ich gesehen.« Er drehte sich zu Peter. »Dich, genauer gesagt. Wie du mit dem Fahrradschlüssel das Tor geknackt hast. – Alle Achtung!«

»Aber warum haben Sie die Stadt erpresst?«, fragte der Zweite Detektiv staunend. Den bösen Trick mit der Schnur und die Schrammen an seinen Handflächen hatte er schon fast vergessen.

»Ich werde natürlich kein Gift einleiten, das wollte ich nie. Ich besitze so etwas überhaupt nicht.«

»Das ist keine Rechtfertigung«, sagte Bob eine Spur zu scharf und fuhr sich über die Stirn. Sie war schweißnass, aber vor lauter Spannung bemerkte er nichts davon.

Für Hancock kam diese Geste gerade im rechten Moment. »Seht ihr«, sagte er und wischte die eigene Stirn ab, »früher war es in vielen Gebieten hier im Südwesten heiß und trocken. Jetzt ist es heiß und feucht.«

»Wir haben Alysias Artikel über den Wasserverbrauch auch gelesen«, winkte Bob ab. »Aber eine Erpressung...«

»Ich habe keine andere Möglichkeit gesehen, die Stadt aufzurütteln«, setzte Hancock wieder an. »Jetzt können sie es nicht mehr totschweigen.«

»Sie müssen sich der Polizei stellen«, sagte Justus.

»Ich hatte nie etwas anderes vor. Aber vorher möchte ich euch etwas zeigen.« Er stand auf.

Justus merkte es den beiden anderen an, dass sie sich genauso wenig wohl fühlten in ihrer Haut wie er. Es war ausgeschlossen, dass sie mit einem Erpresser zusammenarbeiteten. Auch wenn er seine Drohung – angeblich – nie wahr machen wollte. Allerdings gab es in Sedona offensichtlich noch viel größere Gauner als den, der jetzt traurig in ihrer Mitte stand und auf sie wartete.

»Also gut«, entschied Justus. »Ich gehe mit.« Er sah Bob und Peter an. »Wenn ich in einer halben Stunde nicht zurück bin, fahrt ihr in die Stadt und holt die Polizei.«

Die kleine Höhle verdiente tatsächlich die Bezeichnung Büro. Auf einem kleinen Tisch stand eine Schreibmaschine. Die mit den höheren i-Punkten, wie Justus an dem angefangenen Brief mit einem einzigen Blick feststellte. Sogar mit Tonband und Funktelefon war Hancock ausgerüstet.

»Tritt der Erpresser noch einmal in Aktion?«, fragte Justus und deutete auf das Schreiben.

Alysias Bruder zögerte. »Hatte ich ursprünglich vor. Bis ich euch bei Walton gesehen habe.«

In einem abschließenden Brief an nicht weniger als hundert Adressaten in der Stadt wollte René Hancock auf die Geschichte seiner Schwester hinweisen. In der Hoffnung, dass wenigstens ein paar der anwesenden Journalisten das Thema aufgreifen würden.

»Jetzt habe ich eine andere Idee«, erklärte er und bot Justus höflich einen der beiden Campingsessel an. Er ging zu einem großen schwarzen Flugkoffer, der geschlossen in der Ecke stand. Der Erste Detektiv folgte konzentriert jeder seiner Bewegungen. Er hielt ihn zwar nicht für unberechenbar, sonst wäre er ihm auch nicht in die Höhle des Löwen gefolgt, aber man konnte nie wissen.

Hancock nahm weder einen Totschläger noch eine Pistole aus dem Koffer, sondern eine rote Mappe. »Ihr wart doch gestern bei der ›Tribune‹«, sagte er.

»Sie wissen ja wirklich fast alles«, antwortete Justus verwundert. Hancock zog ein Blatt Papier und eine Zeitung aus der Mappe. Es war ein Teil von Alysias Manuskript, allerdings nur der Anfang.

Justus sah ihm über die Schulter und überflog den Text. Konkrete Vorwürfe wurden darin nicht erhoben. Dieses Blatt hatte Hancock in den Unterlagen seiner Schwester gefunden, nachdem sie Hals über Kopf zu den Indianern aufgebrochen war. Die Zeitung trug ein Datum vom vergangenen März.

»Darf ich?« Justus nahm das Blatt in die Hand. »Eine Kopie«, sagte er mehr zu sich selbst. Er hielt sie gegen das Sonnenlicht, das durch den schmalen Höhleneingang fiel.

»Noch etwas«, sagte Hancock. Seine Stimme klang belegt. »Alysia hat sich das alles so zu Herzen genommen, dass sie angefangen hat Drogen zu nehmen. Seit vier Monaten ist sie bei den Hopis auf Entzug, weil es nirgendwo einen Therapieplatz für sie gegeben hat.«

Justus ließ die Kopie sinken. Hancock sah verzweifelt aus.

Sie schwiegen.

Justus hielt das Blatt noch einmal gegen die Sonne. »Was ist das?« An der linken unteren Seite war ein Zeichen zu sehen, ein kleiner Kreis mit einem Kreuzchen darin.

»Das Zeichen des Herstellers, vielleicht.«

Justus zupfte an seiner Unterlippe. Er hatte solche Kreise schon mal gesehen. Aber wo? Er ließ die in Frage kommenden Gelegenheiten in Gedanken an sich vorüberziehen. Der Campingwagen schied aus, der Schrottplatz ebenfalls, genauso Tante Mathildas Küche. Er dachte an Peters und Bobs Zimmer, an Sax Sendler. »Schule«, sagte er halblaut. Vor seinem geistigen Auge erschien das Faxgerät im Sekretariat der Highschool von Rocky Beach. Wenn Miss Greenwood, die Sekretärin, ein Fax abschickte, kamen die Vorlagen unten mit genauso einem Zeichen wieder heraus.

Justus sah Hancock an und entschied ihm seine Entdeckung jetzt noch nicht mitzuteilen.

»Was ist mit Schule?«, fragte der.

»Nichts.« Justus wechselte rasch das Thema.

»Warum haben Sie nach der ›Tribune‹ gefragt?«

»Ich kann da nicht hin, mich kennen einige. Aber ihr könntet doch mal im Archiv nachsehen, ob ihr was findet.«

»Klar. Wenn ich dieses Blatt bekomme«, sagte Justus schnell. »Und wenn Sie sich noch heute der Polizei stellen.«

Hancock nickte müde.

»Und die Zeitung, in der es gelegen hat.«

Mit ein paar Handgriffen verstaute René alles in dem Flugkoffer und überreichte ihn Justus. »Schade«, sagte er leise, »dass ich euch nicht früher kennen gelernt habe. Ihr seid wirklich patente Kerle.«

»Wie viel haben Sie zu erwarten?«, fragte Justus ernst.

»Weiß nicht.« René Hancock zuckte die Schultern, nahm seinen getigerten Helm vom Tisch und ging voraus.

Erst jetzt sah Justus die Harley hinter einem Strauch am Höhleneingang liegen. Hancock hob sie auf, schwang sich in den Sattel und startete. Hinter der Maschine wirbelte der Sand auf. Hancock rollte ganz nah an Justus heran. Seine Augen schienen ein wenig feucht. »Kommt ganz auf den Anwalt an. Ihr dürft mir die Daumen drücken.«

Schweigend fuhren sie nach Sedona zurück. »Vielleicht lassen sie ihn bald wieder frei«, meinte Peter, als sie in die Straßen der Altstadt eintauchten.

»Nie und nimmer. Schließlich hat er tagelang eine ganze Stadt in Angst und Schrecken versetzt«, widersprach Bob.

»Alles halb so wild.« Peter deutete mit einer ausladenden Handbewegung über den großen Platz. »Macht doch alles einen ganz normalen Eindruck, oder?«

»Erpressung bleibt Erpressung.« Bob ließ nicht locker. Auch ihm tat Hancock Leid, der sich offenbar in einer ausweglosen Situation befunden hatte. »Aber wo kommen wir hin, wenn man zu solchen Mitteln greift? Das ist einfach kriminell.«

»Jetzt brauchen wir nur noch diejenigen zu finden, die zu noch kriminelleren Mitteln gegriffen haben«, sagte Justus. Er hatte das Gefühl, dass es ein fruchtloser Streit war. Jeder hatte Recht.

Peter fuhr weiter zum Sedona-Sun-Motel. Jean war auf ihrem Zimmer und ordnete gerade die Unterlagen zum Film. Ohne große Begeisterung erzählten die drei ???, dass sie den Erpressungsfall gelöst hatten.

»Wahnsinn!«, rief Jean begeistert. »Ihr seid die Größten! Ihr habt ihn gefunden, und das in so kurzer Zeit!«

»Eigentlich hat er uns gefunden«, gab der Erste Detektiv zu bedenken.

Aber Jean war nicht zu bremsen. Gleich am nächsten Tag wollte sie ein Interview mit dem Erpresser machen. Dass das Ganze kein Spaß war, begriff sie erst, als die Jungen ihr klar machten, dass das wohl kaum gehen werde. René werde nämlich die nächste Zeit hinter Gittern sitzen.

Jean griff in ihre Handtasche. »Hier sind die Konzertkarten. Ihr könnt auch schon zu den Proben, wenn ihr wollt.« Bob bekam die Karten in die Hand gedrückt. Dann wurden die drei ??? freundlich, aber bestimmt aus Jean Baxters Zimmer bugsiert.

»Und jetzt?«, fragte Justus, als sie durch den düsteren Flur zurück in die kleine Empfangshalle gingen.

»Durst hab ich. Lasst uns hier schnell etwas trinken«, schlug Peter vor. »Und dann legen wir diesen Umweltverbrechern das Handwerk.«

Dass das so im Handumdrehen gelingen würde, daran glaubte Justus nicht. Und zugleich hoffte er inständig, dass er sich irrte. Er ließ Peter und Bob vorausgehen. »Ich hab noch was zu erledigen«, sagte er und war verschwunden, bevor sich die beiden umdrehen konnten.

Das schmutzige Geschäft mit Wasser

Als Justus bei ihr aufkreuzte, war Jean Baxter immer noch so angetan von dem Erfolg der drei ???, dass sie sich sofort bereit erklärte ihre guten Beziehungen als Pressevertreterin auszuspielen und den drei Detektiven einen Termin beim Leiter des Städtischen Wasserwirtschaftsamtes zu verschaffen. Ihren Fragenkatalog, den sie ohnehin für ihr Gespräch mit dem Mann vorbereitet hatte, gab sie Justus gleich mit.

Nachdenklich ging Justus zurück in die Hotelbar. Bob und Peter lümmelten an der Theke.

»Das ist uns noch nie passiert«, meinte der Zweite Detektiv, während sich Justus auf einen der Hocker schwang. »Jetzt haben wir den Täter, aber der Fall ist noch längst nicht gelöst. Irgendwie möchte ich diesem Hancock gern helfen.«

»Ich auch«, sagte Bob gedehnt. »Aber glaubt bloß nicht, dass ich mir das Konzert entgehen lasse.« Er zog die Karten aus seiner Jackentasche und ließ sie genüsslich durch die Finger gleiten. »Sieben Gruppen auf einen Streich und ›The Wave‹ als Höhepunkt.«

Plötzlich stutzte er. »Seht mal!«

Peter und Justus beugten sich zu ihm. Auf der Rückseite der Karten warb die Firma Walton für ein neues Ökopapier. Zusammen mit dem Hinweis, dass Mister Hendrik Walton persönlich zu Beginn des Konzerts drei jungen Künstlern einen von ihm ausgesetzten Preis übergeben werde.

»Wenn Walton heute Abend dabei ist, könnten wir ihn doch einfach abpassen.« Bob sah eine günstige Gelegenheit, sicherzustellen, dass die drei ??? auch ganz bestimmt zum Konzert gingen. »Aber wir haben doch nichts in der Hand«, widersprach Peter. »Du hast doch gehört, was Hancock gesagt hat.«

Justus zupfte an seiner Unterlippe. Dann zog er die Kopie von Alysias Manuskriptblatt heraus. »Dass wir nichts in der Hand haben, stimmt nicht ganz. Vielleicht hilft uns das hier weiter.« Justus deutete auf den Kreis mit dem Kreuzchen. »Und außerdem haben wir um zwei einen Termin bei einem gewissen John Brown.« Er legte eine seiner Kunstpausen ein. »Das ist der Leiter des Städtischen Wasserwirtschaftsamtes.«

»Gut gemacht!«, rief Peter. Im letzten Moment bremste er seine Hand, die er eigentlich auf Justus' Schulter hatte sausen lassen wollen. »Was ist übrigens mit der Apotheke?«

»Später«, entschied der Erste Detektiv kategorisch. »Jetzt fahren wir zu Ruth und Chosmo und dann zu diesem Brown.«

Sedona lag in gleißendem Sonnenlicht. Sie fuhren vom Motel auf die Hauptstraße und fanden keine hundert Meter von der »Tribune« einen Parkplatz. Mit raschen Schritten bogen sie in die Seitengasse ein.

Die freundliche Frau am Eingang liess sie auch heute durch ohne lange zu fragen. Peter übernahm die Führung durch die alten Gänge.

Wieder war nur Ruth in dem kleinen Büro. »Habt ihr schon gehört?«, fragte sie grusslos, als die Jungs eintraten. »Der Erpresser ist gefasst.«

»Tatsächlich?« Justus konnte es sich nicht verkneifen, den Ahnungslosen zu mimen. Dann setzte er ein wissendes Lächeln auf. »Von gefasst kann keine Rede sein. Er hat uns versprochen sich zu stellen.« Er genoss Ruths Verblüffung. Auch Peter war der Ansicht, dass Hancock ein Recht auf eine korrekte Darstellung des Sachverhalts hatte, vor allem in der einzigen Zeitung am Ort. Ruth bot ihnen Platz an und dann erzählten ihr die drei ausführlich von ihren Erlebnissen am Vormittag.

Ruth kam aus dem Staunen nicht heraus. »Vor einer Viertelstunde in unserer Redaktionskonferenz hat sich das aber alles ganz anders angehört.« Sie schüttelte ungläubig den Kopf. »Und Chosmo hat gerade aus dem Rathaus angerufen. Dort rennen sie alle mit stolzgeschwellter Brust durch die Gänge, weil Sedonas Polizei so erfolgreich war.«

»Das ist der Lauf der Welt«, gab Peter einen abgeklärten Kommentar. »Da geht einer selbst zur Polizei und dann war es doch wieder nur das dicht geknüpfte Fahndungsnetz.«

Justus meldete sich zu Wort. »Ich habe noch eine Bitte an dich.« Er zog das kopierte Manuskriptblatt aus der Tasche, faltete es auf und reichte es dem Mädchen. »Dieses Ding da ist gefaxt worden, vermutlich von hier und vermutlich um den 12. März.«

»Wo habt ihr das nun wieder her?«

»Erklären wir dir später«, teilte ihr der Erste Detektiv ungeduldig mit.

»Nein, das erklärt ihr mir jetzt«, sagte das Mädchen bestimmt. »Ihr wollt doch etwas von mir, oder? Dann möchte ich auch eingeweiht werden.«

Justus wurde rot, weil er einsah, dass er wieder mal allzu forsch gewesen war. Außerdem gefiel ihm ihre bestimmte Art immer mehr.

Peter kam ihm zuvor. »Das hat uns Hancock überlassen«, sagte er versöhnlich. »Gibt's bei euch irgendwo die Sendeprotokolle des Faxgeräts?«

Das Mädchen nickte. »Im Fernschreibraum, offiziell unter Verschluss. Aber meistens steht der Schrank offen.«

»Kommst du da ran?«, fragte Justus und setzte etwas zögernd ein »Bitte« hinzu.

»Logo. Aber ihr müsstet mir helfen.«

»Das Wort Hilfe mag ich nicht«, ahmte der Erste Detektiv Ruth nach.

Sie funkelte ihn an und musste lachen. »Du bist ein ganz schön harter Knochen«, sagte sie kumpelhaft.

»Ganz meinerseits«, konterte Justus mit dem missratenen Versuch einer galanten Verbeugung.

»Lasst diese Kindereien«, fuhr sie Peter grinsend an. Ruth und Justus zogen die Köpfe ein und taten, als schlichen sie schuldbewusst aus dem Zimmer.

Das Mädchen übernahm die Führung. Auf halbem

Weg zum Archiv lag der Fernschreibraum, keine sechs Quadratmeter groß. Ein altertümlicher Fernschreiber ratterte. Das Zimmer war leer.

»Passt auf, ob jemand kommt.« Mit sicherem Griff langte Ruth in eine Schublade und fingerte einen Schlüssel heraus.

Am anderen Ende des Flurs ging eine Tür auf.

»Achtung«, warnte Justus das Mädchen.

Ein Mann in einem blauen Mantel kam auf sie zu. »Was habt ihr hier verloren?«

»Wir – wir«, stotterte Bob.

»Wir waren auf dem Weg zu Ihnen.« Ruth streckte ihren Kopf aus dem Zimmer. In ausgesucht höflichem Ton bat sie den Mann ihren drei Freunden die Fernschreib- und Faxgeräte zu zeigen. Gegen dieses strahlende Lächeln, fand Justus, ist kein Kraut gewachsen.

Das Gesicht des Bürodieners hellte sich sofort auf. Die sechs Quadratmeter waren offenbar sein Reich. »Stehe zu allen gewünschten Erklärungen bereit, Miss Ruth«, säuselte er und beugte sich über einen der Apparate. Hinter seinem Rücken deutete Ruth auf den Schrank in der Ecke.

Die drei ??? verstanden. Unverzüglich bauten sie hinter dem Mann eine Mauer auf und verwickelten ihn in ein ausführliches Gespräch über Sinn, Zweck und Geschichte des Hollerithverfahrens mit den gelben Lochstreifen, über die spannende Frage, ob auch Fernschreiber mit chinesischen Schriftzeichen hergestellt wurden, und über die Fortschrittlichkeit moderner Faxgeräte.

Abgeschirmt in ihrem Rücken hantierte Ruth unterdessen lautlos mit einigen Aktenordnern.

»Sie müssen wissen«, sagte sie, als sie gefunden hatte, was sie suchte, »meine Freunde kommen vom Land. Da kennt man das alles nicht.«

Nur mit Mühe konnten die drei ??? ihr Lachen zurückhalten, bis sie wieder in Ruths Büro waren.

Aber so witzig hatte Ruth, wie sich dann herausstellte, das gar nicht gemeint. »Land, das passt irgendwie zu euch. Ihr seid anders als die meisten Jungs, die ich in New York kenne. Nicht so arrogant wie die.« Sie blies die Backen auf und führte vor, wie Jungs aus der großen Stadt an der Ostküste durch die Gegend stolzierten. Wieder prusteten sie los.

Dann hielt Ruth plötzlich einen Zettel in der Hand. Diesmal gab sie ihn gleich dem Anführer der drei ??? hinüber. Justus bemerkte es mit Genugtuung.

Eine Telefonnummer und ein Datum standen darauf.

»Die Iden des März«, deklamierte Justus betont düster.

»Die was?« Peter glaubte sich verhört zu haben.

»Ein ungebildeter Mensch«, sagte Bob entschuldigend zu Ruth. Dann wandte er sich Peter zu und hob den Zeigefinger.

»Hör zu. Bei den alten Römern hießen so die Tage in der Mitte des Monats. Meistens war es der fünfzehnte und im März der dreizehnte.«

Ruth nickte anerkennend. »Ist wohl dein Lieblingsfach?«

Bob grinste. »Geschichte und Literatur.«

»Da war doch was, an diesen Iden des März.« Peter hatte seine Stirn in Falten gelegt. Dahinter arbeitete es mächtig.

»Sehr richtig.« Justus schwenkte die Kopie durch die Luft. »An diesem Tag wurde dieses Blatt hier an diese Nummer gefaxt.« Er sah den Freund listig an. »Oder an was denkst du?«

»Ihr braucht euch nicht über mich lustig zu machen. An den Iden des März haben Brutus und die anderen Cäsar erstochen.«

»Na also, Shaw. Gut. Setzen.« Justus puffte ihn in die Seite. »Im Moment ist das hier allerdings noch wichtiger. Deinen Kriminalfall haben schon andere gelöst.« Er wandte sich wieder an Ruth. »Du hast doch sicher ein Buch mit den Faxanschlüssen.«

Ruth brachte ihm das örtliche Verzeichnis von Sedona und als Erstes schlug er unter W wie Walton nach. Aber die Nummer stimmte nicht mit der überein, an die Alysia ihren Text geschickt hatte.

Ruth sah sich die Nummer noch einmal an. »Könnte drüben in der Nähe des Flughafens sein. Der hat auch eine Achternummer.«

»In der Nähe des Flughafens?«, echote Bob. »In der Nähe des Flughafens ist Potter's Playground.« Er sah in die Runde. »Leider.«

Bob hatte den Nagel auf den Kopf getroffen. Das Blatt war an das Musikunternehmen gefaxt worden. Und zwar um 20.47 Uhr, kurz vor Redaktionsschluss jener Ausgabe, die dank der Wachsamkeit eines Setzers und der Entschlusskraft des Chefredakteurs dann doch ohne Alysias Geschichte erschienen war.

»Was hat das nun wieder zu bedeuten?« Ruth sah ratlos in die Runde.

»Dass wir noch einen Verdächtigen haben«, sagte Justus. »Und den werden wir uns gleich vorknöpfen.«

Vorher bestanden Peter und Bob allerdings darauf, ihren Hunger zu stillen. Außerdem erinnerten sie Justus daran, dass er selbst einen Termin im Rathaus arrangiert hatte.

»Oder hast du den etwa vergessen in deinem geschwächten Zustand?«, fragte Peter, als sie an einem Hamburgerstand stoppten. »Dann sollten wir vielleicht doch erst noch in die Apotheke.«

Statt einer Antwort biss Justus so herzhaft in seinen Cheeseburger, dass Bob und Peter beschlossen sich vorerst keine weiteren Sorgen zu machen.

Es war genauso heiß wie am Vortag. Vor dem Rathaus sprengten gewaltige Wasserfontänen den Rasen. »Vier Milliarden für einen einzigen Kanal«, sagte Bob verächtlich.

Peter fand einen Platz im Halbschatten. Er packte Jeans Unterlagen, dann stiegen sie die Treppen zum Eingang hinauf. Die Absperrungen waren inzwischen abgeräumt, aber noch immer standen zahlreiche Kamerateams im Foyer. Auf einem der Flure gab van Well gestenreich ein Interview.

»Nicht schon wieder.« Mit einer Grimasse wandte sich Peter ab.

Das Wasserwirtschaftsamt war im dritten Stock untergebracht. Einer großen Infotafel konnten sie den Weg entnehmen.

Als sie im dritten Stock angekommen waren, fiel Justus ein, dass er noch etwas vergessen hatte. »Ohne Wasser«, brummte er und Peter begriff sofort. Er fand zwei Münzen in seiner Tasche und sprang die Treppe herunter. »Ich komme nach!«, rief er.

Justus und Bob standen vor der Tür des zuständigen Leiters. »Brown« lasen sie auf dem Schild. Justus klopfte.

»Herein«, sagte eine jugendliche Stimme. Die beiden Jungs traten in ein freundliches Zimmer, das völlig anders eingerichtet war als das des Pressechefs. Eine junge Schwarze mit hochgesteckten Haaren und einer auffallend bunten Brille saß hinter einem Schreibtisch.

»Wir sind mit Mister Brown verabredet«, sagte Justus. »Wir kommen von NTV. Justus Jonas und Bob Andrews.«

»Mister Brown?« Ihr Gegenüber sah sie fragend an.

»John Brown«, wiederholte Bob etwas ungeduldig.

Die Frau begann zu lachen. »Joan Brown«, sagte sie und stand auf, um die beiden zu begrüßen. »Ich bin Joan Brown, die Leiterin des Wasserwirtschaftsamtes. Hat euch das euer Chef nicht gesagt?«

»Chefin«, verbesserte sie Justus. »Unser Chef ist eine Chefin.«

Mrs Brown lachte erneut. »Bei euch also auch«, stellte sie mit Genugtuung fest. »So ändern sich die

Zeiten.« Sie bot ihnen zwei Stühle, Cracker und Eistee an.

Da klopfte es an der Tür. Peter erschien und auch er sah zuerst die Frau und dann Justus fragend an.

»Du bist hier richtig«, sagte Justus schnell. »Das ist Peter Shaw und das ist Joan Brown, die Leiterin des Wasserwirtschaftsamtes.« Peter ließ sich seine Überraschung nicht anmerken. Wortlos zog er sich einen Stuhl heran.

»Und was kann ich für euch tun?«

»Es geht um die Wasserrechte von Sedona«, fing Justus an. Und dann erzählten sie in kurzen Zügen, was sie in den vergangenen eineinhalb Tagen herausgefunden hatten. Je länger ihnen die Frau zuhörte, desto offener wurden sie. Zum Schluss gestand Peter sogar seinen Einstieg in Mister Waltons Produktionsanlagen und Justus zog sowohl die Kopie von Alysias Story als auch den stibitzten Plan heraus.

Joan Brown hatte während der ganzen Erzählung geschwiegen. Auch als die drei ??? endeten, sagte sie lange nichts.

»Ich bin erst seit wenigen Wochen im Amt«, meinte sie schließlich. Als lachende Dritte, wie sie sich ausdrückte, sei sie zwei männlichen Kandidaten vorgezogen worden, die sich gegenseitig massiv bekämpft hatten. »In der Umgebung der Stadt, aber auch in anderen Teilen Arizonas gibt es seit Jahren immer wieder Gerüchte über einen illegalen oder halb legalen Handel mit Wasserrechten«, bestätigte sie. Nach dem, was sie davon gehört hatte, war die Sache ziemlich einfach. Jemand beschaffte sich Unterlagen über die wirtschaftliche Situation der Firmen, Farmer und Privatleute, die Wasserrechte besaßen. Dann bot er denen, die in finanziellen Schwierigkeiten steckten, Geld an. Die Rechte wurden verkauft und vom neuen Besitzer an interessierte Kunden weitervermietet.

»Erlaubt ist das nicht«, sagte sie, »unsere Rechtslage verbietet das. Wenn aber Käufer und Verkäufer fünf Jahre dichthalten, ist die Sache verjährt. Und wir können nichts mehr dagegen tun.«

»Haben Sie einen Verdacht in Bezug auf Sedona?«, mischte sich Peter ein.

Die Frau zögerte. »Den habe ich. Aber ich bin noch nicht sehr weit, weil die Betreffenden es bisher als unter ihrer Würde empfunden haben, mit mir zu reden.« Sie stockte wieder. »Was manchmal aber durchaus auch ein Vorteil sein kann.«

Die Jungs sahen sie verständnislos an.

»Mehr kann ich euch wirklich nicht sagen. Nicht jetzt. Ich müsste mich zuerst auch einmal mit dieser Alysia unterhalten.«

»Hat Walton etwas mit der Sache zu tun?«, versuchte es Bob noch einmal. »Wieso steht so eine moderne Fabrik still?«

»Da gab es Probleme mit dem Abwasser. Deswegen mussten sie erst einmal einen Kanal anlegen.«

»Und Jaubert?«

»Jaubert?«, fragte die Amtsleiterin zurück. »Wie kommt ihr denn auf den? Ich dachte bisher...« Sie machte eine energische Handbewegung. »Es war wirklich nett, euch kennen zu lernen. Aber ich kann euch nicht mehr sagen.«

Enttäuscht überreichte ihr Justus Jeans Fragenkatalog. Mrs Brown warf einen Blick darauf. »Kein Problem. Soweit die Fragen mein Amt betreffen, bekommt ihr ihn morgen zurück. Sagt eurer Chefin einen Gruß von mir. Guter Einfall, einen Film über die Nebenerscheinungen des Festivals zu drehen. Für die Umwelt ist so etwas nämlich ein dicker Brocken.«

Sie stand auf. Bob und Peter verzogen unzufrieden die Gesichter, hatten aber auch keine Idee, wie Joan Brown noch mehr zu entlocken wäre.

»Kommen Sie heute Abend ins Konzert?«, fragte Bob.

Sie bejahte. Ganz Sedona werde doch auf den Beinen sein und sie natürlich auch. Bob gefiel ihre Vorfreude.

Draußen wollte Justus als Erstes wissen, was Peter bei Sinagua erreicht hatte.

Der Zweite Detektiv schnipste mit den Fingern, während sie langsam die Treppen hinunterstiegen. »Ihr werdet es nicht glauben, Marcel hat sich gemeldet. In einer Stunde will er wieder in der Stadt sein.«

»Dann werden wir in der K-Street auf ihn warten«, verkündete Justus.

»Werden wir nicht«, warf Bob trotzig ein. »Wir fahren jetzt zu den Konzertproben. So etwas erlebt man nicht alle Tage. Außerdem wolltet ihr euch Jaubert vorknöpfen.«

Justus war auf Streit nicht scharf. »Na schön«, sagte

er matt. »Marcel kann uns sowieso nur bestätigen, was wir schon wissen.«

Auf dem Weg zu Potter's Playground stoppte Peter plötzlich. »Du gehst jetzt da hinein«, sagte er zu Justus und deutete mit dem Daumen über die Schulter. »Sonst fahre ich nicht weiter. Dies ist eine Erpressung.«

»Okay«, seufzte Justus grinsend, »ich weiche der Gewalt.« Er stieg aus dem Auto und verschwand in der Apotheke. Nach zwei Minuten kam er zurück und berichtete, nach einem Blick auf seine Schulter habe die Inhaberin ihm eine übel riechende Salbe aufgeschwatzt und schwer wiegende Folgen angekündigt, falls er die nicht morgens und abends auftrage. »Übrigens«, sagte Justus fröhlich, »die Inhaberin hatte gewisse Ähnlichkeit mit Tante Mathilda.«

Bob hatte ein Programm des Konzerts aufgetrieben und war vor Begeisterung kaum noch zu bremsen. Den ganzen Abend sollten nur fünf oder sechs verschiedene Nummern gespielt werden, allerdings von fünfzehn Interpreten. »Eine Wahnsinnsidee«, schwärmte er, »fünfzehn Mal ›Stairway to heaven‹.« Er begann lauthals zu singen. »There's a lady who's sure . . .«

»Led Zeppelin«, tönte Justus wie aus der Pistole geschossen. Bevor Bob über die Allwissenheit ihres Anführers in andächtiges Staunen verfallen konnte, klärte Peter ihn auf, dass es sich dabei um Lys' derzeitigen Lieblingssong handelte.

Sie rollten auf den riesigen Parkplatz direkt neben

Potter's Playground, stiegen aus und schlenderten gemächlich hinüber zur Pforte. Ihre Namen waren beim Portier registriert.

»Ihr sollt euch bei Hank im Büro melden«, sagte der Mann und beschrieb ihnen den kürzesten Weg.

Das Konzert auf der großen Bühne im Hangar sollte um sieben Uhr mit einem Vorprogramm beginnen. Bis dahin waren noch gut zwei Stunden Zeit. Eine australische Gruppe probte gerade. Es hörte sich überraschend sanft an.

»Unplugged«, kommentierte Bob fachmännisch, »ohne Riesenverstärker.«

Auch Peter und Justus ließen sich von der knisternden Atmosphäre anstecken. Techniker liefen herum und Musiker, einige Bandsängerinnen saßen im Freien und schminkten sich, zwei Männer schleppten riesige Blumenkübel, neben einem Campmobil saß eine Cellistin und stimmte ihr Instrument, als wäre sie ganz allein auf der Welt.

Justus war froh über die kühlen Temperaturen, die in dem Bürogebäude herrschten. Hank begrüßte die Jungs freundlich. »Seht euch alles an, was euch Spaß macht«, schlug er vor und eilte geschäftig zur Tür. »Eure Chefin hat sich auch schon angemeldet.«

»Und wann kommt Mister Walton?«, fragte Justus schnell. Seine Schulter schmerzte wieder und er hatte wenig Lust, dieses weitläufige Gelände zu besichtigen. Wenn ich mich erst einmal darauf einlasse, dachte er, ist Bob bestimmt unerbittlich.

Hank sah auf die Uhr. »In gut einer Stunde trifft er

sich mit dem Chef.« Er machte eine ungeduldige Handbewegung. »Tut mir Leid, dass ich nicht mehr Zeit für euch habe, aber . . .«

»Hank«, hörten sie eine schrille Stimme hinter der Bürotür, »was ist jetzt mit dem Arrangement?«

»Entschuldigt«, sagte der Rastamann und verschwand.

Im Vorraum ließ sich Justus auf eine schmale Holzbank plumpsen.

»Is' was?« Bob sah ihn misstrauisch an.

»Ich habe gerade einen toten Punkt. Außerdem muss ich mich, glaube ich, mal um meine Schulter kümmern.« Er holte die Salbe heraus und Bob hielt sich die Nase zu.

»Ich mache euch einen Vorschlag«, fuhr Justus fort, während er die entzündete Stelle vorsichtig mit der weißen Creme betupfte und dann einrieb. »Wir trennen uns. Ihr schaut euch um und ich pflege mich. In einer Stunde treffen wir uns hier wieder.«

Bob und Peter ließen sich das nicht zweimal sagen. Bei solchen Streifzügen, wie sie sie jetzt vorhatten, war Justus doch immer nur ein Bremsklotz.

Dass Justus sich nicht wohl fühlte, war nur ein Teil der Wahrheit. Er vergewisserte sich, dass niemand in den Büros war und mithören konnte. Dann ging er zu dem öffentlichen Telefon, das an der Wand hing. Kaum eine Viertelstunde später war er fertig und ging vor das Bürogebäude.

»Jetzt nehmen die Dinge ihren Lauf«, sagte er laut zu sich selbst. Er blinzelte in die Sonne, die wieder wie ein Feuerball am Himmel stand. Auf einer verwitterten Holzbank, im Schatten eines riesigen Oleanders, machte er sich's bequem. Leise begann er zu singen: »There's a lady who's sure . . .«

Ein Bluff ist erfolgreich

Nach weit über einer Stunde wurde Justus von der Hitze wach. Die Bank, auf der er so selig geschlafen hatte, war aus dem Schatten des Oleanders herausgetreten. Von Peter und Bob war nichts zu sehen.

Justus wartete noch drei Minuten, dann raffte er sich auf. Er ging hinüber ins Bürogebäude, und während er eintrat, sah er aus den Augenwinkeln die beiden Freunde in einiger Entfernung im Laufschritt auftauchen. Dass ihr jetzt den Anfang vom Ende nicht mitbekommt, dachte er, ist die gerechte Strafe für euer Zuspätkommen.

Etwas energischer, als er es wollte, klopfte er an die Tür mit der Aufschrift »Jaubert«. Ohne auf eine Reaktion zu warten trat Justus ein.

Mister Jaubert saß an seinem Schreibtisch und kramte in Unterlagen. Etwas irritiert, aber nicht unfreundlich sah er seinem Besucher entgegen. Dann erkannte er ihn wieder. »Du bist doch einer der Jungs von NTV?«

Der Erste Detektiv nickte. »Ich habe einen Termin mit Mister Walton«, sagte er. »Sein Büro hat mir mitgeteilt, dass ich ihn hier treffen kann.«

Jaubert schien nicht überrascht. »Stimmt, er sollte eigentlich schon da sein.« Er sah über seinen mit Papieren überfüllten Schreibtisch, auf dem sich Musik- und Videokassetten stapelten. »Würdest du draußen warten?«, fragte er liebenswürdig. »Wir haben gleich diese Stipendienverleihung, ich muss noch . . .«

»Nein«, unterbrach ihn Justus bestimmt. »Ich muss mit Ihnen reden. Was wissen Sie von Alysia Hancock?«

Der Erste Detektiv war auf die verschiedensten Reaktionen Jauberts vorbereitet: dass er ihn rauswarf, anschrie oder einfach abfahren ließ. Nicht gefasst war Justus auf die hilflose Geste des anderen, mit der er die Arme fallen ließ und jetzt auf seinem Stuhl mehr hing als saß.

»Alysia«, flüsterte er.

Im selben Moment klopfte es. Wieder kam ein Besucher, der nicht auf eine Reaktion wartete. Mit einem einzigen großen Schritt betrat Hendrik Walton das Zimmer. Justus erkannte ihn sofort an dem überdimensionalen Stetson.

»Hallo«, rief er, »wie geht's dir, alter Franzose? Etwas gestresst siehst du aus, aber das ist ja auch kein Wunder bei diesem –« Erst jetzt fiel sein Blick auf Justus. Er verstummte, als hätte er gerade ein Geheimnis verraten.

»Hallo, Hendrik«, sagte Jaubert matt. Er war blass geworden und tupfte mit einem Seidentaschentuch den Schweiß von der Stirn. »Das ist der Junge, der einen Termin mit dir hat.«

»Mit mir?« Walton sah Justus scharf an. »Ich habe gleich mit drei aufstrebenden jungen Künstlern einen Termin und sonst mit niemandem.«

»O doch.« Justus ging zur Tür und winkte Peter und Bob herein. Sie standen so nah, dass Justus sie im Verdacht hatte, gelauscht zu haben. Dafür sprach, dass Bob ihm beim Hereinkommen zuzwinkerte, als ob er über alles bestens im Bilde wäre.

»Was soll das hier sein?«, begehrte Jaubert auf. »Ein allgemeiner Volksauflauf, oder was?« Aber sein Versuch eines Protestes wirkte reichlich kläglich.

»Schön ruhig bleiben«, sagte Justus. »Außerdem sind wir noch nicht komplett.« Dann wandte er sich an Walton, der noch immer stumm dastand wie ein Ahornbaum. »Ich heiße Justus Jonas und das hier sind meine Freunde Peter Shaw und Bob Andrews. Die Namen sollten Sie sich merken, die werden nämlich Ihr Leben verändern. So wie der von«, er sprach den Namen besonders langsam und deutlich aus, »Alysia Hancock.«

Für einen Augenblick schnappte Walton nach Luft. Dann polterte er los. Er schrie etwas von »Lausebengeln« und »Rotzjungen«, von denen er sich nichts gefallen lasse und die schon gar kein Recht zu einem Verhör hätten. Jaubert, kommandierte er, solle sie hochkant aus seinem Büro werfen.

»Das Verhör hat doch noch gar nicht begonnen«, stellte Justus trocken fest. »Und Monsieur Jaubert wird uns nicht hinauswerfen, sondern einige Fragen beantworten.«

Jaubert hing immer noch in seinem Sessel und machte keinerlei Anstalten, Waltons Aufforderung Folge zu leisten. Vielleicht, überlegte Peter, weil es bei seinen Besuchern drei zu eins für sie stand.

»Der hat Angst«, raunte der Erste Detektiv Bob und Peter zu, »und zwar nicht vor uns.«

»Ich glaube, so geht das nicht, Hendrik«, meldete sich Jaubert zu Wort. Offenbar hatte er sich jetzt wieder einigermaßen gefangen und damit abgefunden, dass diese Jungs in seinem Büro standen, die eine ganze Menge wussten, und dass nichts mehr so sein würde wie vor zehn Minuten. Trotzdem, fand Justus, mit diesem umgänglichen und charmanten Gesprächspartner vom Vortag hatte er nicht mehr viel gemein.

»Guten Tag«, sagte eine Stimme hinter ihnen. Joan Brown stand in der Tür. »Ich höre, es gibt hier etwas zu tun für mich.«

Peter und Bob dämmerte, dass Justus in der letzten Stunde mehr als nur seine Schulter gepflegt hatte. Verstohlen stießen sie sich an und Bob flüsterte: »Meeting der Umweltverbrecher.«

»Vor Zeugen«, sagte Justus in diesem Augenblick sehr theatralisch und deutete auf die Amtsleiterin, »vor einer sehr kompetenten Zeugin sogar, sage ich Ihnen beiden auf den Kopf zu, dass Sie seit Jahren mit Wasserrechten manipulieren.« Er zog Tante Mathildas Taschentuch aus der Hosentasche und hielt es Walton unter die Nase. »Und dass Sie Gift in die Baumwollfelder abgeleitet haben. Hier ist der Beweis.«

Walton sah aus, als wollte er sich auf Justus stürzen.

Sicherheitshalber ging Joan Brown mit zwei schnellen Schritten dazwischen. »Darf ich mich selbst vorstellen?«, sagte sie gelassen. »Ich heiße Joan Brown und bin die Leiterin des Wasserwirtschaftsamtes.«

Walton riss die Augen auf. »Und wenn Sie Mister Hendrik Walton sind, dann habe ich Sie bereits zweimal ins Rathaus gebeten. Aber Sie reden ja offenbar nicht mit jedem.« Sie schenkte ihm einen Blick, in dem die Missbilligung von so viel Arroganz und Unhöflichkeit nicht zu übersehen war.

Durch die offene Tür nahm Justus eine Bewegung im Vorraum wahr. Für einen Moment ließ er den massigen Unternehmer aus den Augen. »Jean«, rief er, »hierher!«

Das klappt ja wunderbar, schoss es Bob durch den Kopf.

Jean trat ein, dicht hinter ihr Chelsea mit ihrer Kamera und Simon. Monsieur Jauberts nicht gerade kleines Büro erinnerte jetzt an das überfüllte Wartezimmer eines stadtbekannten Zahnarztes.

»Was sagen Sie zu den Vorwürfen?« Ohne lange zu fragen streckte Jean dem verdutzten Walton ein Mikrofon entgegen. Die drei ??? erkannten sofort, dass Chelsea noch gar nicht drehte. Aber Walton hatte von solchen Dingen offenbar keine Ahnung.

»Mikrofon weg!«, brüllte er. »Kamera weg!«

»Hendrik!« Wie auf Kommando drehten sich alle zu Jaubert um. »Machen Sie bitte die Tür zu«, bat er, »wir haben hier schon genug Zuhörer.«

Unbewusst hofft er, dachte Justus, dass das, was jetzt kommt, diesen Raum nicht verlässt. Aber daraus würde wohl nichts werden.

Chelsea nahm ihre Kamera von der Schulter. Simon und Jean bauten sich hinter ihr auf.

Stockend begann Jaubert. Nach ein paar Sätzen, als Walton begriff, was da passierte, versuchte er ihn zu bremsen, aber Jaubert redete wie in Trance und war nicht mehr aufzuhalten. Er beichtete die Geschichte von Potter's Playground und den Problemen, die es vor Jahren mit der Müllbeseitigung gab. Die Abfallberge wurden immer höher, die Gebühren auch. Walton bot sich an dem Unternehmen unter die Arme zu greifen und den Abfall illegal auf eine Deponie zu bringen. Jaubert, finanziell immer unter Druck, willigte ein. Seither hatte ihn der joviale Papierfabrikant in der Hand. Mit ihm als Strohmann luchste er Privatleuten Wasserrechte in der Umgebung ab. Während zweier besonders trockener Sommer hielt er dann die Versorgung der Stadt aufrecht, weshalb ihm auch der Bau der Fabrik im Wasserschutzgebiet genehmigt wurde. Bis vor vier Monaten Gift ins Grundwasser lief. Damals musste die Stadt, wie auch Mister Carmichael berichtet hatte, einige Tage durch Wasserwagen versorgt werden.

Jaubert sah gedankenverloren durch das Fenster ins Weite. Justus glaubte zu wissen, was in ihm vorging. Jaubert verstand sich selbst als Künstler und am liebsten hätte er sich geohrfeigt, dass er sich in der Not mit einem Geldmenschen wie Walton eingelassen hatte. Jedenfalls war ihm dies alles offenbar fürchterlich peinlich.

Der Geschäftsführer von Potter's Playground wandte sich wieder der Runde in seinem Büro zu. Sein Rücken straffte sich etwas. Justus ahnte, dass ihr

Gegenüber jetzt seinen letzten Trumpf ausspielen würde. »Einmal habe ich versucht dafür zu sorgen, dass das Ganze an die Öffentlichkeit kommt«, sagte Jaubert. Niemand erwiderte etwas und seine Worte hingen sonderbar in der Luft. Jaubert seufzte und setzte dann seine Selbstanklage fort, als ob er eingesehen hätte, dass auch diese kleine Entlastung ihn nicht mehr retten würde. »Aber dann habe ich Alysia Hancock im Stich gelassen.«

»Du spinnst«, fauchte Walton verächtlich. »Du bringst uns um Millionen.«

Der Franzose sah an ihm vorbei. »Und du hast mich seit Monaten um meinen Schlaf gebracht.«

Wieder klopfte es. Hank steckte den Kopf zur Tür herein. »Was ist denn hier los?«, fragte er fröhlich. »Wir wären so weit, Mister Walton, Ihre Preisträger warten.«

Ohne die Versammlung eines weiteren Blicks zu würdigen, stolzierte der Unternehmer hinaus.

Justus baute sich vor Jauberts Schreibtisch auf. »Von Ihnen hatte Alysia ihre Informationen, stimmt's?«

Jaubert nickte. »Sie hat eine wirklich gute Geschichte geschrieben. Aber dann . . .« Er suchte nach den passenden Worten. »Als ich sie gelesen habe, schwarz auf weiß, hatte ich auf einmal keinen Mut mehr.«

»Alysia ist wieder in der Stadt. Ich habe vorhin mit ihrem Bruder telefoniert.« Justus sah auf die Uhr. »Zur Zeit besuchen sie René im Gefängnis.«

»Ich fahre hin.« Jaubert stand entschlossen auf.

»Gleich nach der Verleihung der Stipendien.« Er kramte wieder in seinen Unterlagen, klemmte sich eine Mappe unter den Arm und ging wortlos hinaus.

Justus hielt noch immer die Erdprobe in der Hand.

»Darf ich das mal sehen?«, brach Jean das Schweigen.

Justus nickte. »Ist aber nicht weiter von Bedeutung«, sagte er und sah etwas beklommen auf Mrs Brown. Am Telefon hatte er ihr von vergifteter Erde berichtet. Jetzt musste er den Bluff zugeben. Joan Brown sah ihm die Notlüge nach.

»Wie bist du überhaupt auf die Idee gekommen, alle hier zusammenzutrommeln?«, wollte Jean wissen. Nach Peters Ansicht gab sie sich dabei etwas zu wenig Mühe, ihre Bewunderung zu verbergen.

»Alysias Artikel ist hierher gefaxt worden. Die Frage war, wer das warum tat. Wahrscheinlich geschah es nicht, um sein Erscheinen zu verhindern.« Justus kratzte sich am Kopf. »Also kam mir die Idee, dass sie mit Jaubert zusammenarbeitete. Und dann wollte ich einfach den Überraschungseffekt ausnutzen.« Justus lächelte. »Je mehr Leute, desto besser, dachte ich. Eigentlich hätten Ruth und Chosmo auch noch kommen sollen. Aber die haben alle Hände voll damit zu tun, in der morgigen Ausgabe der ›Sedona Tribune‹ die ganze Wahrheit über den Erpressungsfall zu enthüllen.« Er zwinkerte Peter und Bob zu. »Auch wenn es Mister van Well und der Polizei überhaupt nicht in den Kram passt.«

Peter stand schmollend, die Hände fast bis zu den

Ellenbogen in seinen Hosentaschen vergraben, in der Ecke. »Ich hab nur noch einen Wunsch«, brummelte er.

»Erfüllen wir«, verkündete Justus, »nicht wahr, Bob?«

Der nickte.

»Dass du nie mehr Predigten gegen Alleingänge hältst.«

Das hatte Justus Jonas nicht erwartet. »Ihr wart so scharf auf den Rundgang hier und auf die Proben . . .«, stotterte er.

»Das Konzert!«, rief Bob und schlug sich mit der flachen Hand an die Stirn.

»Das hätten wir jetzt fast vergessen«, ergänzte Jean lachend, »aber dafür haben wir ja dich.«

»Kriegt die Justiz die beiden jetzt dran?«, fragte Justus die Amtsleiterin, während sie vom Bürogebäude zum Hangar gingen, aus dem begeisterter Applaus zu hören war.

»Kommt ganz auf den Anwalt an«, gab Joan Brown zurück.

»Das habe ich heute schon einmal gehört«, sagte der Erste Detektiv nachdenklich. Aber die wieder einsetzende Musik war schon so nah und laut, dass das niemand mehr mitbekam.

dtv junior

Die drei ???

7022	Die drei ??? und die flüsternde Mumie
7316	Die drei ??? und der Super-Papagei
7387	Die drei ??? und die gefährliche Erbschaft
7480	Die drei ??? und das Gespensterschloss
70099	Die drei ??? und das Riff der Haie
70143	Die drei ??? und der Rote Pirat
70168	Die drei ??? und der seltsame Wecker
70221	Die drei ??? und das Aztekenschwert
70277	Die drei ??? und die gefährlichen Fässer
70355	Die drei ??? Gefahr im Verzug
70393	Die drei ??? Gekaufte Spieler
70427	Die drei ??? und der riskante Ritt
70461	Die drei ??? – Geisterstadt
70490	Die drei ??? – Tatort Zirkus
70533	Die drei ??? – Die verschwundene Seglerin
70583	Die drei ??? – Die Spur des Raben
70613	Die drei ??? und die Rache des Tigers
70614	Die drei ??? Pistenteufel
70682	Die drei ??? – Giftiges Wasser
70685	Die drei ??? und das brennende Schwert

Ab 10 Jahre

Krimispannung
ab 10 Jahre

Sie heißen Elmo, Liz, Nick, Richelle, Sunny, Tom – und zusammen sind sie die unschlagbare Teen Power Company. Auf der Suche nach Ferienjobs ziehen die sechs Jugendlichen unheimliche Kriminalfälle geradezu magisch an.

Band 70617

dtv junior

Enid Blyton

ISBN 3-423-**70694**-5

Der Fluss der Abenteuer
ISBN 3-423-**70693**-7
Ab 10

Das Schiff der Abenteuer
ISBN 3-423-**70694**-5
Ab 10

Die Insel der Abenteuer
ISBN 3-423-**70747**-X
Ab 10

Die See der Abenteuer
ISBN 3-423-**70748**-8
Ab 10

Die Burg der Abenteuer
ISBN 3-423-**70761**-5
Ab 10

Der Berg der Abenteuer
ISBN 3-423-**70762**-3
Ab 10

Das Tal der Abenteuer
ISBN 3-423-**70763**-1
Ab 10

Der Zirkus der Abenteuer
ISBN 3-423-**70764**-X
Ab 10

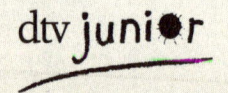

dtv junior